야구소녀

야구소녀

1판 1쇄 발행 2020년 6월 30일
1판 3쇄 발행 2022년 11월 2일
원작 최윤태 글쓴이 변은비
펴낸이 정중모 펴낸곳 파랑새
편집장 서경진 책임편집 강정윤 디자인 권순영 마케팅 김선규
온라인사업팀 서명희 제작 윤준수 관리 이원희, 고은정, 원보람
등록 1988년 1월 21일(제406-2000-000202호) 주소 경기도 파주시 회동길 152
전화 031-955-0670 팩스 031-955-0661 전자우편 bbchild@yolimwon.com
홈페이지 www.bbchild.co.kr ISBN 978-89-6155-900-3 43810

우연히 리틀 야구 선수를 TV에서 보게 됐다.

초등학생 아이의 얼굴은 운동장에서 보낸 오랜 시간을 말해주듯 까맣게 그을려 있었다. 평범해 보이는 아이가 TV에 나올 정도로 주목을 받은 이유는 성별이 여자이기 때문이었다. 나는 당시 진심을 다해 야구를 하던 그 아이를 지켜보며 마음이 아팠다.

몇 년 후, 영화 〈야구소녀〉를 통해 그 아이를 다시 만날 수 있었다. 영화 속 주인공인 주수인은 천재적인 재능을 가진 소녀로 130km/h라는 강속구를 던지며 주변 사람들 모두를 변화시키고 있었다. 주수인은 '여자가 왜 야구를 해?'라는 질문 앞에 애써 대답을 하기보다 '이래도 안 된다고 생각해?'라며 되묻는 인물이었다.

'무엇을 하면 안 된다'는 생각은 편견으로부터 온다. 세상에 만연한 편견을 돌파해나가는 주수인에게 나는 작업을 하며 희망과 위로를 선물받았다. 꿈이라는 단어가 생경해지는 시대에 따뜻하고 강한 심지의 주인공을 만나 힘을 얻을 수 있어서 감사했다.

마지막으로 고마운 분들께 마음을 전한다. 영화 〈야구소녀〉를 소설로 옮기면서 미처 짚어내지 못한 감정에 대한 각색은 최윤태 감독으로부터 많은 도움을 받았다. 또한 파랑새 출판사 관계자분들에게도 진심으로 감사하다는 말을 전한다. 덕분에 주수인의 이야기를 더욱 촘촘하게 보여줄 수 있게 됐다.

무엇보다 영화로, 소설로 《야구소녀》를 만나 기꺼이 마음을 나눠준 분들에게도 감사의 말을 드리고 싶다. 주수인을 만난 모두에게 따뜻한 희망이 도달했기를 진심으로 바란다.

한국 프로야구 출범 당시
'의학적으로 남성이 아닌 자'는 부적격 선수로 분류됐다.
1996년, 규약에서 이 문구가 사라진 뒤
여자도 프로야구 선수로 뛸 수 있게 되었다.

1

매서운 겨울바람이 몰아친다.

화양고등학교 유일한 여자 선수 주수인은 지난한 겨울을 지나고 있었다. 매년 찾아오는 겨울이지만 올해는 지난번과는 다른 한 해를 보내고 있었다. 고등학교 졸업을 앞둔 주수인이 야구를 계속할 수 있는지는 온전히 다른 사람 손에 달려 있었다.

마지막 프로야구팀 지명 결과가 나오는 날, 교장실 안에서 교장, 박 감독, 프로야구 C구단 직원이 한참 동안 심각하게 회의를 이어오고 있었다. 다른 학생들은 집으로 돌아간 늦은 오후, 주수인은 교장실 앞 복도에서 졸업을 앞둔 동기 고3 선수들과 함께 결과를 기다리고 있었다. 어두컴컴한 복도는 각자 앞날에 대한 걱정으로 어수선하다. 누구하나 목소리를 내진 않지만 긴장이 만들어내는 탄식과 제자리에서 발을 구르는 몸짓이 텅 빈 복도를 미세하게 울리고 있었다.

교장실 문이 열리자 어느새 침묵이 내려앉는다. 스카우터와 인사하는 박 감독의 표정이 어둡다. 그의 긴 한숨이 결과를 미리 말해주고 있었다.

"이정호."

박 감독 입에서는 이정호 한 명만 호명된다. 앞으로 나와 박 감독과 악수하는 이정호는 잘 믿기지 않는다는 표정이다. 박 감독은 매번 돌아오는 지명 결과 발표 시간이 가장 힘들었다. 이 시간 이후 이곳에 있는 대부분의 선수들이 앞으로 야구를 그만두게 될 거란 걸 그는 알고 있었다. 야구부가 창단된 후 3년 만에 처음으로 프로 선수가 배출됐지만 마냥 기뻐하지 않는 건 선발되지 않은 모든 제자들을 위한 배려이기도 했다.

"자……, 프로나 대학에 지명 안 된 사람은 다음 주부터 상담 시작할 거니까 그렇게 알고……. 다들 고생했다."

박 감독은 더 이상 해줄 말이 없었다. 선수들 역시 박 감독의 마음을 아는 듯 간단한 목례 후 흩어진다. 절망에 빠진 선수들이 내뱉은 한숨 소리가 복도를 집어 삼킨다. 선수들 사이에서는 벌써부터 그만두겠다는 소리가 터져 나온다. 어디서부터 잘못된 걸까. 주수인은 사실 내심 기대하고 있었다. 프로야구 선수가 될 수 있을 거란 막연한 기대에 대한 배신감이 주수인을 홀로 복도에 세워둔다. 뒤늦은 반성과 부끄러움은 이제와 소용없다. 선수들이 다 빠져나간 빈 복도에 서 있는 주수인은 어떻게든 다음을 준비해야 한다고 다짐한다.

◉

프로야구 구단은 '트라이아웃'이라는 이름으로 자체적인 테스트를 통해 선수들을 선발한다. 이 테스트를 통해 프로에 지명되는 사례는 극히 드물지만 드래프트에 탈락된 선수들에게 트라이아웃은 프로야구 선수가 될 수 있는 유일한 희망이었고 그 희망은 야구를 계속할 수 있게 만드는 원동력이 되게 해주었다. 이는 주수인에게도 마찬가지였다. 트라이아웃은 주수인이 프로야구 선수로 가는 가장 빠른 길이자 마지막 남은 단 하나의 길이기도 했다.

다행히 몇 달 후 트라이아웃을 진행하는 구단이 있어 주수인은 서둘러 B구단을 찾아갔지만 서류 접수부터 마음먹은 대로 되지 않는다. 아무래도 서류도 고분고분 받아주지 않을 모양이다. 하긴 프런트 직원 입장에서 보면 그럴 수밖에. 여자 야구 선수? 어디 가당키나 한 소린가.

"고등학교 야구 선수라⋯⋯. 고등학생인데 혼자 한다는 말이죠?"

"아닌데요. 야구부 소속인데요."

"여자가 어떻게 고등학교 야구부에 들어가요?"

"특챈데요."

"에이, 거짓말."

"진짜예요!"

프런트 직원은 고등학교 야구 선수 중 여자가 있다는 말은 들어본 적이 없었다. 야구를 하는 여자가 있다는 건 알았지만 엘리트 선수는 아니었다.

"일단 알겠어요. 접수됐으니까 가시면 돼요."

"그럼 트라이아웃은 언제부터 해요?"

"그게……. 저희가 서류로 1차 선별을 할 거라 일단 거기서 통과가 돼야죠."

"공고에 서류 심사 같은 말은 없었는데요?"

프런트 직원은 잠시 인상을 찌푸리다 친절을 베푸는 듯 웃으며 대답한다.

"트라이아웃은 구단 내부에서 진행하는 거라……, 오는 사람 다 받을 순 없으니까……. 지금부터 생긴 거예요."

어처구니가 없다. 당장이라도 빙긋 웃고 있는 프런트 직원의 멱살을 잡아 흔들고 싶다는 생각이 머리끝까지 차오르지만 주수인의 몸과 마음은 반대로 움직인다.

"잘 부탁드리겠습니다."

마지막까지 예의를 갖춰 인사하는 주수인은 아직 희망이 있다고 자신을 다독였다. 그냥 이대로 끝날 수 없다는 다짐과 함께 건물을 빠져나왔지만 학교로 가서 다시 훈련을 할 기분은 아니었다. 평소라면 주말 오후 내내 학교에서 훈련을 하며 시간을 보냈지만 무슨 영문인지 오늘은 집으로 돌아가 빨리 하루를 끝내고 싶었다. 배가 고픈 것도 이유 중 하나였지만 주수인에게는 야구보다 야구를 하는 사람들을 상대하는 게 더 힘든 일이었다.

집으로 돌아와 밥 먹을 준비를 마친 주수인은 식탁에 차려진 반찬들을 보며 다시 한번 실망을 하지 않을 수 없었다. 금형 공장 구내식당에서 일하는 엄마 신해숙은 매일 식당에서 남은 반찬을 집으로 가져오는데 오늘도 역시 멸치볶음, 진미채 같은 마른반찬들로만 식탁이 가득 채워져 있어 조금 전까지만 해도 넘치던 식욕이 반찬을 보자 금세 사려져 버렸다.

"맨날 반찬 훔쳐오지만 말고 만들어 좀! 국이나 찌개도 끓이고!"

"갑자기 왜 안 하던 반찬 타령이야? 이거 다 돈 주고 사 먹어봐! 얼만 줄 알기나 해?"

"수영이 한창 클 때라 잘 먹어야 돼. 엄마가 그건 왜 몰라?"

"엄마! 나 잘 먹어야 돼!"

주수영의 애교에도 신해숙은 별 반응이 없다. 멸치볶음을 주수영 숟가락에 얹어주지만 눈은 주수인을 향해 있다. 어째 엄마는 주수인에게 할 말이 있는 듯하다. 밥상 위에 어색한 침묵이 흐르지만 주수인은 애써 모른 척 엄마의 눈을 피하고 있다.

"너 그……. 지명받는 건 어떻게 됐어?"

프로구단 마지막 팀의 최종 지명이 있었다는 건 말하지 않아도 모두가 다 알고 있는 사실이었다. 주수인은 가족들에게 숨길 생각 따윈 없었지만 그렇다고 먼저 내세워 말하고 싶지도 않았다.

"이제 학교 졸업하면 어떻게 할 거야? 계획은 있어? 아님 엄마가 회사에 한번 말해 봐?”

“아, 쫌! 내가 알아서 할 거니까 그만해.”

“주수인! 엄마랑 한 약속 잊었어? 너 지금까지 너 하고 싶은 거 다했잖아. 너네 아빠처럼 허송세월 안 보내려면 빨리 계획을 세워 움직여야 돼! 알겠어?”

주수인은 엄마 말을 한 귀로 듣고 한 귀로 흘린다. 그때 당시 엄마가 말하는 건 약속이라기보다 당부에 가까운 말이었다.

신해숙은 야구 선수 주수인을 응원하지 않는 사람 중 하나였다. 주수인이 야구를 어떻게 생각하는지 잘 알면서도 그랬다. 특히나 고등학교를 졸업하면 야구를 하지 말라는 말을 주수인에게 시시때때로 해왔었는데 신해숙은 딸이 야구 선수가 된다는 것 자체를 믿지 않는 사람이었다. 반면 주수인은 프로구단에서 지명을 받아 엄마가 바라보는 세상과 자신이 살고 있는 세상이 다르다는 걸 알려주고 싶었다.

저녁 식사 자리에서 주수인은 엄마의 말에 더 이상 토를 달지 않는다. 누가 뭐라 하던 자신의 마음은 변하지 않을 거니까.

①

주수인이 동네 도서관에 도착했을 땐 벌써 밤 9시 반이 넘어가고 있었다. 폐관 시간이 다가와서 그런지 아빠 외엔 도서관 어디에도 인기척이 없었다. 아빠 주귀남은 주수인이 다가가도 눈치채지 못한 채 머리를 싸매고 공부를 하고 있다.

"아빠."

"어? 어…… 왔어?"

인사를 하지만 주귀남의 시선은 금세 문제집으로 향한다. 주귀남은 공인중개사 자격증을 따기 위해 공부를 하고 있다. 1년에 한 번뿐인 공인중개사 시험에서 주귀남은 어떤 때는 2차에서, 또 어떤 때는 1차 문턱도 넘지 못했다. 주수인은 아빠를 보자 집을 나설 때 엄마가 손에 쥐고 흔들던 고지서가 떠올랐다. 엄마는 휴대폰 고지서를 들고 고래고래 소리치며 화를 냈었는데 잠시 후 아빠가 집으로 가면 어떤 일이 벌어질지 예상이 가기 시작했다.

"엄마가 빨리 오래. 화 많이 난 거 같던데……."

"아……. 잠깐만 기다려 아빠 요것만 마저 보고."

주귀남의 성격 자체가 순한 편이기도 했지만 대개 주귀남은 자신이 공부하는 입장이라 신해숙과 싸울 일은 만들지 않으려 했다. 이를 아는지 신해숙도 주귀남의 불합격 통지서엔 아무런 말을 하지 않았다. 다만 문제는 항상 돈이었다. 돈 문제에 있어서 신해숙에게 자비란 기대할 수 없었다. 주귀남은 잠깐 걱정되는 표정을 짓더니 다시 문제를 푼다. 뭔가 짚이는 게 있는 것 같은 표정이다. 아무래도 집에서 폭풍이 몰아칠 것 같은 불길한 예감이 든다.

주수인 가족은 작은 마당이 딸린 지은 지 30년이 되어가는 주택에서 살고 있었다. 서울에 마당 있는 집이 어디 있겠냐 하겠지만 주수인은 차라리 마당이 없는 새집이 낫겠다는 생각을 항상 가지고 있었다. 낡은 수도관에서 나오는 녹물과 깨진 타일들 사이에 피어 있는 곰팡이는 사라질 기미가 보이지 않았다. 또 마당은 잡초만 무성하지 사실상 통로 외에는 별 역할을 하지 못했다.

이런 집에서 오늘 밤 또다시 부부싸움이 시작됐다. 방에서도 부모님 싸우는 소리가 이렇게 또렷하게 들리니 집 앞을 지나는 사람들도 이 소리를 들을 수 있을 거라 주수인은 생각한다. 동네 창피하다는 건 이럴 때를 두고 하는 말이었다. 불을 끄고 침대에 누워 이불을 머리끝까지 당겨보지만 부모님이 싸우는 소리는 줄어들지 않았다.

"휴대폰 요금을 이렇게 많이 쓰는 사람이 어디 있어? 당신이 뭘 한다고 요금이 이렇게 많이 나와?!"

"그냥 뭐 좀 알아본다고 그랬어! 그거 몇 푼 나왔다고 사람을 이렇게 들들 볶아!"

"아니 당신이 사업을 해 아님 남들처럼 직장을 다니길 해? 어? 맨날 탱자탱자 노는 사람이 전화 할 데가 어디 있다고 그래! 뭘 한 거야 도대체!"

"나 공부하는 사람이야! 내가 놀긴 왜 놀아!"

주수인은 이불을 박차고 나가 같이 소리를 지르고 싶었지만 그럴 수 없었다. 얼마 지나지 않아 어두운 방안으로 동생 주수영이 들어올 게 뻔했다.

오늘도 어김없이 주수영이 이불안으로 들어온다. 주수인은 동생을 안고 다시 잠자리에 든다. 늘 반복되는 패턴이었다. 언제부터인가 부모님이 싸우는 소리가 들리면 주수인은 항상 자신의 침대로 오는 동생을 기다리고 있었다. 처음에는 그저 동생이 무서워서 자신을 찾아오는 거라 생각했었는데 시간이 지나고 보니 어쩌면 동생이 자신을 위로해주기 위해 찾아오는 것 같았다. 오늘은 하루가 참 길다.

꘠ ·

주수인은 망연자실한 얼굴로 수학 시험지를 내려다본다. 무엇이라도 적고 싶지만 시험지를 보니 답이 숫자라는 확신이 서질 않았다. 해석 불가능한 기호와 영어뿐, 이게 정말 수학 시험지인지 의심이 들었다.

주수인은 자신에게 일어나는 수많은 일에 둘러싸여 학교 시험 따위는 완전히 잊고 있었다. 주위 친구들은 문제를 풀고 있지만 주수인은 할 수 있는 게 없다. 에이 모르겠다. 잠이나 자자. 주수인은 눈치 따윈 보지 않고 반 아이들 중 가장 먼저 책상에 엎드려 버린다.

"주 수인이 넌 시험지 받자마자 포기하나? 언능 안 푸나!"

담임선생은 주수인의 잠을 허락하지 않는다. 주수인은 하는 수 없이 슬그머니 고개를 들어 담임을 바라본다.

"이거 수학 시험 맞아요? 숫자는 없고 뭐⋯⋯. 다 영어뿐이

구면."

주수인의 볼멘소리에 반 아이들 사이에서 웃음이 터져 나온다.

"내는 진짜 주수인이한테 마이 배운데이. 공부 저래 모해도 하나도 안 부끄러워한다 아이가."

담임의 혀 차는 소리가 교실을 울린다. 주수인은 담임이고 반 아이들이고 죄다 마음에 들지 않는다. 진심이 담긴 말에 웃음이라니, 하는 수 없이 자세를 꼿꼿이 세워 시험지를 들여다보지만 주수인은 역시나 아는 게 없다. 지금 주수인 머릿속에는 트라이아웃 생각만 가득하다.

⊖

커피 잔 속 소용돌이를 보고 있는 최진태 얼굴에서 불안이 느껴진다. 교장은 최진태 얼굴을 보는 것 같지만 눈은 그가 가져온 서류를 향하고 있다. 최진태는 자신의 속까지 훑으려는 교장이 불편해 이내 고개를 숙인다. 이리저리 자리를 찾지 못하는 두 손이 긴장된 그의 심정을 대변해주고 있다. 최진태는 아무래도 교장이 들고 있는 저 서류가 신경 쓰인다. 뭐 하나 내세울 것 없는 서류 속 내용이 최진태를 더 움츠리게 만들었다.

"얼굴도 훤칠하게 잘생기셨고……. 화양원스타에서는 우리 박 감독님이랑 창단부터 3년 동안 쭉 같이 계셨네요?"

"아……. 네."

"그래도 3년 동안 프로에 40명이나 보낸 독립구단인데 그렇게 하루아침에 해체돼서 저도 많이 속상했었습니다."

"감사합니다……."

교장의 번지르르한 칭찬은 이제부터 할 이야기의 서두에 불과했다. 박 감독이 최진태라는 인물을 코치로 데려온다고 했을 때 교장은 가장 먼저 그의 이력서를 요구했다. 지금까지는 야구부에 대해서 박 감독에게 전권을 내주며 운영하고 있었다. 하지만 이제 자신이 만든 야구부에서 프로 선수도 나온 만큼 그냥 이대로 괴짜 같은 박 감독만 바라보고 있을 수는 없는 노릇이었다.

그렇다고 해서 교장이 야구를 잘 알고 있는 것도 아니었다. 여유 있는 공직자가 그러하듯 야구보다는 골프를 좋아했고, 이승엽은 알아도 야구 규칙에 대해서는 잘 몰랐다. 야구부를 만든 건 단지 '명문고'라는 이미지를 위해서였지만 3년 동안 야구부를 통해 여러 언론에 노출이 되면서 자연스럽게 지금은 자신도 어엿한 야구인이라는, 일종의 긍지 같은 것이 생겨나 있었다.

"뭐 박 감독이 전력 보강에 코치가 필요하다니까 저야 믿고 따르겠지만……. 프로 선수 출신도 아니시고……. 코치 경력도 없으시고……. 맞나요?"

"아……. 네……. 맞습니다……."

"저희 야구부가 창단한지는 얼마 되지 않았지만 이번에 처음으로 프로 선수도 배출했고 그리 만만한 곳이 아닌데…….

음……."

최진태는 보잘것없는 자신의 과거 앞에서 침묵한다. 자신을 깎아내리는 이야기에 아무런 대꾸를 할 수 없는 자신이 너무나 한심하다. 정적은 어색한 분위기를 만들었다. 어쩌면 교장은 야구를 잘 모르는 자신을 감추려 최진태에게 더 까다롭게 굴고 있는 건지도 모른다. 그때 마침 교장실 문이 벌컥 열린다. 문 앞에는 박 감독이 멀뚱히 서 있다. 최진태 앞에서 당당하던 교장의 얼굴은 금세 사그라든다.

"가자. 애들 얼굴 봐야지."

자신의 무능함을 떨쳐버릴 수 있게 해주는 박 감독의 한마디에 최진태는 기다렸다는 듯 자리에서 일어난다. 교장은 아직 다 끝내지 못한 말이 남았는지 여전히 떨떠름하지만 최진태를 애써 붙잡지는 못한다. 어찌됐든 교장은 박 감독이 불편한 건 사실이었다.

최진태는 박 감독을 따라가며 교장과 부딪힐 일이 많겠다고 생각한다. 교장의 태도는 마치 구단주를 보는 것만 같았다. 야구보다는 명성에 방점을 찍는 모습이 그를 불편하게 만들었다.

＊

주수인을 비롯해 야구부원들은 시험을 끝낸 후 실내 연습장에서 훈련을 하고 있다. 평소보단 한산한 느낌이다. 프로구단 지명이 끝난 지 며칠 되지 않았지만 고3 중 이미 많은 선수들이

야구부를 떠났다. 주수인은 한 자리를 차지해 평소처럼 연습하지만 왠지 후배들 눈치가 보이기 시작했다.

소란스럽고 어수선하던 실내 연습장으로 박 감독과 최진태가 등장하자 선수들은 재빠르게 정렬을 갖춘다. 주수인 역시 연습을 중단하고 선수들 틈에 섞여 열을 맞춘다. 평소라면 감독님이 올 시간이 아니라, 무슨 중요한 발표라도 있는 게 아닐까 내심 기대한다.

"인사하자. 오늘 새로 오신 최진태 코치님."

"자, 차렷. 안녕하십니까."

"안녕하십니까."

주장의 구호에 맞춰 선수들이 인사를 한다. 주수인의 기대는 곧 실망으로 바뀐다. 이제 곧 졸업을 할 처지인 주수인 입장에서 새로 온 코치는 자신과 아무런 관계가 없는 사람이다.

최진태는 선수들 인사를 받기엔 아직 겸연쩍다. 고개는 숙이지만 선수들 인사에 화답하는 제스처는 아니다. 곁눈으로 선수들을 둘러보자 눈에 띄는 선수가 한 명 보인다. 짧은 머리지만 현격한 체격 차이를 한눈에 알아볼 수 있다. 최진태의 시선은 주수인에게 머문다. 여학생이다. 고등학교 야구부에 여자 선수라니. 최진태는 난생처음 보는 광경에 의문을 가진다.

"한마디 할래?"

"아뇨. 괜찮습니다."

최진태는 여전히 주수인에게 시선을 떼지 못한다. 그는 주수인을 보며 신체적인 조건이 달라 다른 선수들과 대등하게 야구를 하긴 어렵겠다는 생각을 한다.

"그래……. 자……. 시험 본다고 고생들 했고 그럼 훈련들 해. 진태야, 가서 커피나 한잔 하자."

최진태는 앞장서서 연습장을 나가는 박 감독을 따라간다. 주수인은 훈련 리듬만 깨진 것 같아 괜히 짜증이 난다. 문 앞에서 걸음을 멈춘 최진태는 그런 주수인의 모습을 멀리서 바라본다.

⑩

최진태 앞에 다시 믹스 커피가 놓인다. 박 감독이 봉투를 내밀자, 최진태는 봉투를 받지만 죄 지은 사람마냥 고개를 들지 못한다. 무려 3개월치 월급이다. 최진태는 봉투를 집어 들곤 감사하다는 인사를 전하지만 마음은 편치 않다.

"애 엄마는 자주 봐?"

"아뇨……."

"그럼 애는?"

"이제 봐야죠."

"요즘도 술 마시는 건 아니지?"

"네, 끊었어요."

최진태는 이혼 후 딸을 거의 보지 못했다. 이혼한 아내는 양육비를 핑계로 한 달에 한 번씩 얼굴은 보고 있었지만 최근에는 밀린 양육비 때문에 그마저도 어려웠다. 박 감독이 최진태를 학교로 부른 건 최진태에게 해줄 수 있는 최선의 배려였다. 최진태가 야구를 그만둘 상황이 올 때마다 그를 붙잡아준 건 언제나 박 감독이었다. 몇 해 전, 함께 있던 독립구단의 경영난으로 선수들이 뿔뿔이 흩어질 때도 박 감독은 최진태에게 야구를 포기하지 말라는 의미로 그동안 기록해 놓은 개인 훈련 일지를 건넸었다.

프로의 문턱을 넘지 못한 비운의 야구 선수 최진태는 40살이 넘어 결국 은퇴를 결심했지만 박 감독은 신생 고등학교 야구부 감독이 되어 계속해서 야구 인생을 걸어왔다.

며칠 전 박 감독에게 전화를 받은 최진태는 이번 기회가 야구인으로서 새로운 시작이자 또 어쩌면 마지막 몸부림일거란 생각에 잠을 이루지 못했다.

"여긴 신경 쓸 건 많은데 그래도 마음은 편할 거야. 다시 학교 다닌다고 생각하고 새로 시작해. 잘할 수 있지?"

"네……."

"이제 졸업시즌이라 고3들 진로 상담 있으니까 교무실에서 애들 자료도 받아서 가고."

박 감독 말에 최진태는 아까 봤던 주수인이 떠오른다. 고등학교 야구부에 여학생이 있다니. 듣지도 보지도 못한 일이었다.

"네. 근데 아까 보니까 여자애도 있는 것 같던데……."

박 감독은 별다른 동요 없이 최진태를 물끄러미 바라본다.

"주수인이라고 이름 못 들어봤어? 걔 나름 유명한 앤데."

"근데 여자애가 어떻게 고등학교 야구부에……?"

"걔가 그래서 유명해. 주수인이 지금 130 좀 넘게 던지는데 여자 중에 그만큼 던지는 선수는 전 세계에도 몇 명 없을걸?"

여자 선수를 남자들만 있는 팀에 넣는 건 많은 변수와 그에 따르는 위험 부담이 크기에 좋은 판단이라고 할 수 없었다. 여학생만 문제가 아니라 남학생들의 불만도 터져 나올 수 있기 때문이다. 최진태는 예전부터 박 감독의 속내를 알기가 어려웠다. 130㎞? 그래, 그 정도면 훌륭하다고 생각할 수 있다. 여자치곤.

⟡

학교 로비에선 사진 촬영이 한창이다. 사진관처럼 커다란 조명과 삼각대가 지나가던 아이들의 시선을 사로잡는다. 카메라 앞에는 하얀 이를 드러낸 교장과 굳은 얼굴의 이정호가 나란히 서 있다. 교장은 사진 촬영임에도 "장한 우리 이정호 선수."를 입에서 내려놓을 줄 모른다. 반면 이정호는 이 시간이 빨리 지나가버리길 바라고 있는 게 표정으로 여실히 들어난다. 어색한 미소와 구부정한 자세도 문제이지만 구경하는 사람들의 시선이 이정호를 더욱더 주눅 들게 만들고 있다.

"자. 표정 좀 더 살리시고! 오케이!"

'펑' 하며 플래쉬가 터진다. 너무 밝은 빛은 오히려 시야를 더 어둡게 만든다는 걸 이정호는 알게 된다. 순간 눈을 감고 있었

던 게 아닌가 착각이 들 정도다. 다시 천천히 초점이 맞춰진 이
정호의 눈에 멀리서 걸어오는 주수인이 들어온다. 주수인은 이
정호의 시선을 느끼지만 모른 척, 아무렇지도 않은 척 로비를
빠져나간다. 사실 지금 이정호가 서 있는 자리는 과거 주수인의
자리이기도 했다. 구속 100km 넘게 던지는 천재 야구소녀가 고
등학교 야구부에 들어오자 매스컴은 어린 소녀의 도전기를 취
재하기 위해 혈안이 되어 있었다. 그 후 3년이 지난 지금, 주수
인 자리엔 프로 선수가 된 진짜 야구 선수가 서 있다. 주수인이
이정호의 시선을 피하는 건 어찌 보면 지금 자신의 모습이 너
무 부끄러워서이기도 했다. 이정호의 시선은 자연스레 멀어지
는 주수인에게로 향하지만 금세 제동이 걸린다.

"자 이정호 선수! 다른 데 보지 마시고! 여기 보세요 여기!"

이정호는 하는 수 없이 다시 포즈를 잡는다. 이런 상황이 마
냥 좋은 교장을 따라 이정호는 다시 한번 어색한 미소를 띠어
보지만 생각처럼 잘되지 않는다.

로비에는 사진 촬영 말고도 게시판 교체 작업이 한창이다. 주
수인이 입학할 때 걸려 있던 수많은 기사 스크랩이 하나둘씩
내려진다. 그동안 게시판 메인을 장식하고 있던 "20년 만에 여
자 고등학교 야구 선수 탄생!"이라며 교장과 함께 찍힌 주수인
의 사진이 "화양고 야구부, 탄생 3년 만에 프로 선수 배출!"이라
는 이정호 기사가 한가운데 장식된다.

3년 전 주수인에게 쏠렸던 관심은 사실 그저 사람들의 호기

심에 불과했다. 고등학교 야구부에 들어간 여자 선수가 3년 후 어떻게 변했는지는 아무도 관심이 없었다.

⊖

친구 한방글이 다니는 무용학원에서 주수인은 며칠 전 접수한 B구단 트라이아웃 결과가 나오길 기다리고 있다. 몇 분 간격으로 휴대폰을 확인하지만 연락이 올 리가 없었다.

두 사람 외에 아무도 없는 무용학원은 한방글이 추는 최신 아이돌 춤과 어울리지 않게 한국무용으로 세팅이 되어 있다. 이곳에서 아이돌 춤을 추는 한방글이 이상한 건지 아니면 이 무용학원의 인테리어가 이상한 건지 주수인은 도무지 알 수가 없었다.

한방글은 운동을 하는 주수인과 다르게 어릴 적부터 가수가 되고 싶은 아이였다. 크고 작은 오디션에 꾸준히 참가하면서 한때는 아주 작은 기획사의 연습생으로 생활도 했었지만 별다른 결과를 내진 못했었다. 사실 한방글은 춤보다는 기타를 잘 치는 아이였다. 잘 만들지는 않았지만 독학으로 만든 자작곡도 가지고 있다. 그런데 어느 날부터인가 갑자기 춤을 춰야겠다며 설레발을 치더니 기어코 학원을 다니기 시작한 게 이제 한 달이 조금 넘어가고 있었다. 한방글은 자신이 몸치라는 걸 학원을 등록한 날 알게 됐지만 누구도 춤에 대한 의지는 막을 수 없었다.

"꿈 깨시지. 거기서 연락이 올 거 같냐?"

"뭐가."

"넌 아직 내공이 부족해서 그래. 나 정도 되면 딱 오디션 원서 낼 때 받는 사람 눈빛만 봐도 합격인지 불합격인지 알거든."

"넌 다 불합격했잖아."

한방글은 동작을 멈추고 주수인을 흘겨보지만 마땅히 대꾸할 말이 생각나진 않는다. 주수인 역시 한방글이 한심하게 보이긴 마찬가진데 이 어설픈 동작과 자세, 한방글과 댄스 가수라니, 정말 어울리지 않는 조합이다.

"너 진짜 하다하다 이제 별짓 다한다?"

"나쁜 년. 응원해 주지는 못할 망정……."

"기타 새로 산다며? 너 요즘엔 곡도 안 쓰지?"

"야. 네가 몰라서 그렇지 요즘 오디션은 춤으로 시작해서 춤으로 끝나. 네가 이 세계에 대해서 뭘 알긴 아냐?"

"춤? 근데 여기 한국무용 하는데 아냐? 간판도 그렇던데……."

"요즘 한국무용이 잘 안 돼서 야간엔 댄스 수업해."

전통북과 장구가 즐비한 곳에서 아이돌 춤을 추는 한방글을 보고 있자니 주수인은 가슴이 더 답답해진다. 어쩌면 자신도 지금 한방글과 비슷한 처지가 아닐까 하는 생각이 주수인을 더 힘들게 만든다. 손에 들고 있는 휴대폰을 다시 한번 들여다보지만 역시나 아무런 연락이 없다.

"그러니 말이야 나처럼 평소에 미리 연습을 해놨어야지. 지금 연습하는 춤만 완성되면 이번 오디션은 무조건 합격이다."

한방글은 "아자!" 하며 기운을 차려 다시 한번 어설프게 춤을 추기 시작한다. 요즘 유행하는 걸그룹 춤이라고 하는데 도무지 무슨 춤인지 알 수가 없다. 멋진 것도, 그렇다고 섹시하거나 귀엽지도 않은 그냥 엉성한 연속적인 율동이다. 정말 뭐 하나 마음대로 되는 게 없다. 주수인은 온몸에 힘이 풀린 듯 바닥에 철썩 달라붙는다. 차가운 나무의 기운이 그녀의 몸을 자극하지만 다시 일어날 힘이 없다.

"나도 엄청 연습했다고……."

다 죽어가는 주수인의 목소리에 한방글은 춤을 멈추고 뒤를 돌아본다. 주수인은 마치 물에 떠내려가는 해파리마냥 차가운 무용실 바닥에 축 너부러져 있다.

◉

스크랩 파일과 신문 조각들로 어지럽혀진 방을 보고 주수인을 할 말을 잃는다. 화를 내고 싶지만 우울한 기분이 더 커서인지 큰 소리는 나오지 않는다. 방바닥에는 "내일이 더 기대되는 야구소녀", "박찬호 같은 메이저리그 선수가 되고 싶어요" 같은, 과거 화려했던 시절의 주수인을 인터뷰한 신문 기사들이 흩어져 있다. 방바닥에 앉아 자료들을 보니 반창고, 코피 등으로 사진마다 주수인의 얼굴에 낙서가 되어 있다. 동생의 존재가 성가시다고 생각해본 적이 없지만 오늘만은 아니다. 그렇다고 화를 낼 수도 없는 일이다. 일은 안 하지만 아빠는 공부를 핑계로 항상 도서관으로 출근했고, 엄마는 일을 했기 때문에 집을 지키는 건 늘 7살짜리 주수영 몫이었다. 주수인은 긴 한숨으로 이 모든 상황과 감정을 정리해버리기로 마음먹는다. 다행히 책상 구석구석에 있는 "유소년 올해의 선수", "대통령배 유소년 야구 우승" 같은 트로피에는 손을 안 댔으니 불행 중 다행이 아닌가.

이런 주수인의 마음을 어떻게 알았는지 때를 맞춰 슬그머니 방문이 열린다. 불안을 안고 있는 방문의 움직임을 보니 주수영이 분명하다. 문틈 사이로 검은 그림자와 함께 주수영이 빼꼼히 얼굴을 내민다.

"야. 주수영!"

동생은 자신의 잘못을 알고 있는 듯 다시 도망치기 시작한다. 평소라면 쫓아가 장난 반, 감정 반을 섞어 동생을 혼내겠지만 정말 오늘은 그럴 기운이 없다. 참자. 참는 게 나를 위한 길이다. 주수인은 자신을 타이르며 눈을 감고 다시 한번 더 긴 한숨을 뿜어낸다.

2

화양고등학교 야구부는 오전부터 고3들을 대상으로 진로 상담을 시작했다. 프로나 대학에 진학하지 못한 학생들을 대상으로 진행된다고 하지만 프로에 간 이정호와 대학에 진학한 두 명을 제외하면 거의 모든 선수들이 대상이다. 물론 주수인도 예외는 아니었다. 어떻게 보면 주수인은 더 많은 관심과 지도가 필요한 아이였다. 여자 선수는 대학에서 받아주지 않아 앞으로 주수인이 야구를 계속하겠다고 한다면 적절한 길을 찾아줘야 했다. 그렇다고 해서 프로에 갈 수 있는 실력이 되는 것도 아니니 이 아이가 어떤 생각을 가지고 있으며 앞으로 어떤 그림을 그리고 있는지가 학교와 박 감독 입장에서는 중요했다.

진로 상담 마지막 대상인 주수인이 상담실로 들어온다. 앞서 상담한 모든 고3 선수들은 다들 비슷한 이유로 야구를 그만두고 싶다는 의사를 밝혔다. 야구를 하지 않겠다고 하니 박 감독과 최진태 입장에서는 이야기를 길게 끌고 갈 필요가 없었다. 보장되지 않는 미래에 배팅 할 만큼 세상이 만만하지 않다는 걸 야구를 통해 충분히 배운 선수들은 코치진 생각보다 냉정하게 상황을 판단하고 있었다.

주수인은 마치 상담실에 처음 오는 양 어딘가 모르게 산만한 듯 보인다. 앞서 다녀간 선수들의 긴장되고 때론 애처로운 기운은 어디에도 찾아볼 수가 없다.

"감독님. 바둑 잘 둬요?"

가방에서 자료를 꺼내던 박 감독은 뚱딴지같은 말을 하는 주수인을 쳐다본다. 주수인의 시선을 따라가 보니 옆 테이블에 〈바둑사활〉 책이 놓여 있다. 박 감독은 헛웃음이 나온다. 최진태가 책을 치우자 주수인은 그제야 괴고 있던 턱을 풀고 자세를 바로 잡는다.

"주수인. 집중하자. 집중하고 이거 한번 봐."

박 감독이 주수인 앞에 내민 건 '한국여자야구연맹' 홍보 책자다. 박 감독이 며칠을 고민해 내린 결론이었다. 여자야구라고 하면 아직 국내에는 많이 알려지지 않았지만 일본 같은 경우 여자야구리그가 있어 선수생활을 계속 이어갈 수 있는 여건이 조성되어 있었다.

"요즘엔 여자야구도 활성화됐고 국제 대회도 많이 열려. 취미나……. 아니 어쩌면 그 이상으로도 충분히 할 수 있을 거 같은데. 어떻게 생각해?"

주수인은 홍보 책자를 건들지도 않은 채 멀뚱히 쳐다만 본다. 오히려 조금 전 옆 테이블에 놓여 있던 〈바둑사활〉을 볼 때가 더 초롱초롱한 눈빛이었다.

"근데 이런 곳은 지원 같은 거 전혀 안 해주죠?"

"뭐……. 아무래도 아직 한국은 취미로 하니까 그렇다고 봐야지."

"야구 취미로 하면 돈 많이 드는데. 그죠?"

주수인의 뜬금없는 소리에 박 감독은 다시 한번 자신도 모르게 피식 웃음이 나온다. 반면 뒤에서 이를 지켜보던 최진태는 주수인의 행동이 마음에 들지 않는다. 이런 태도를 가진 아이를 위해 며칠을 고민한 박 감독을 생각하니 더 화가 난다. 호통을 치며 기합이라도 주고 싶지만 사람 좋게 웃고 있는 박 감독 앞에서 그러지도 못할 판이다. 그때 마침 상담실 문이 열린다. 일본어를 가르치는 김 선생이 때마침 적절한 시기에 왔다. 박 감독은 기다렸다는 듯 자리에서 일어나 반갑게 김 선생을 맞이한다.

"아, 선생님. 이쪽으로 앉으세요. 주수인. 여기 일본어 선생님. 알지?"

"네……. 안녕하세요."

"어, 안녕."

서른이 조금 넘어 보이는 김 선생은 일본어 선생이라고 하지만 그을린 얼굴에 다부진 체격으로 만약 이 사람이 남자였다면 일본어보다는 체육 선생이 더 어울릴 거라고 주수인은 생각했었다. 그런데 이 사람은 여기 왜 온 걸까? 설마 이 사람들이 나

를 여자야구가 활성화된 일본으로 유학 보낼 생각을 하고 있는
건가? 지루함으로 텅텅 비어 있던 주수인의 머리가 금세 의심
으로 가득 채워진다.

"너도 아는지 모르겠지만 김 선생님이 여자야구팀에서 운동
을 하셔. 근데 국가대표라고…….. 맞나요?"

"네. 여자야구 국가대표예요."

그저 건성으로 고개를 끄덕이는 주수인과 달리 여자야구 국
가대표라는 말에 정작 김 선생을 바라본 건 최진태였다. 프로야
구가 생긴지 30년이 훌쩍 넘은 지금, 야구는 어느덧 사람들의
일상이 되어 있었다. 덕분에 사회인 야구가 활성화되면서 여자
야구도 함께 활동이 늘어났다고 들었지만 국가대표까지 만들
어진 줄은 최진태는 모르고 있었다. 자신이 운동을 처음 시작할
때만 해도 야구는 남자들만의 전유물이었는데 야구를 대하는
사람들을 보며 자신이 얼마나 오랫동안 이 일을 해왔는지를 최
진태는 새삼 느끼게 된다.

"여자야구 쪽은 우리보다는 김 선생님이 아무래도 더 잘 아
시니까 궁금한 거 있으면 여쭤봐."

주수인은 별다른 반응이 없다. 사실 반응할 이유가 없었다.
여자야구라니. 주수인 입장에서 보면 지금까지 야구를 하면서
한 번도 생각해보지 않은 문제라 머리를 긁적이는 것 말고는
마땅히 할 수 있는 게 없었다.

"주수인. 궁금한 거 없어?"

"네. 저는 궁금한 거 없는데……."

박 감독은 어렵게 시간을 내준 김 선생에게 괜히 겸연쩍어 사과한다. 김 선생은 손사래 치며 아니라고 말하지만 사실 자신도 민망하기는 마찬가지다. 며칠 전 박 감독은 김 선생을 찾아가 주수인의 진로에 대한 고민을 털어놓은 후 따로 시간을 내달라고 부탁을 했었다. 박 감독은 주수인에게 최선의 길은 여자야구라고 생각했었다. 김 선생은 주수인을 위한 일이라면 흔쾌히 도와주겠다며 고민에 빠진 박 감독을 다독여주기까지 했었는데 주수인의 한마디로 뭔가 서로가 어색한 상황이 되어 버렸다. 이 모든 상황을 옆에서 지켜본 최진태는 지금 주수인의 행동이 상당히 불편하기만 하다.

"너도 이제 졸업반이니까 구체적으로 방향을 잡아야 돼. 그럼 야구 말고 다른 거 생각해본 건 있어?"

"아뇨. 저는 야구 계속할 거예요."

"그럼 여기 김 선생님한테 여쭤봐. 너 때문에 이렇게 찾아와 주셨는데."

"아니……. 저는 프로팀에서 선수 선발하는 거……. 거기에 참가해보려고요."

'프로팀'이라는 말에 김 선생은 주수인을 바라본다. 상담실에 정적이 감도는 건 어쩌면 놀란 사람이 김 선생 한 명만이 아니라는 걸 모두에게 말하는 듯 보인다. 박 감독의 얼굴에는 알 수 없는 미소가 그려진다. 그 미소의 의미를 상담실에 있는 사람들은 알지 못하지만, 아무래도 박 감독은 제자인 주수인보다 더 먼 곳을 내다보지 못한 자책이 묻어 있다.

몇 초가 흘렀을까. 주수인의 예상치 못한 대답이 정적을 만들어 냈다면 그걸 깬 사람은 최진태였다.

"너 그거 트라이아웃 말하는 거야?"

"네."

"넌 아까부터 감독님이 시간 내서 말씀해주시는데 계속 말장난이나 하고. 대답 똑바로 안 하고 자꾸 장난칠래?"

"장난 아닌데요."

"뭐?"

"장난 아니라고요."

김 선생이 보기에 주수인의 대답에 독기가 묻어 있다. 이 아이는 지금 진심으로 말하고 있다. 프로야구 선수라니. 김 선생 역시 어릴 적부터 야구를 했었지만 자신은 감히 넘볼 수도 없는 단어였다. 물론 그 단어가 주는 무게를 알고 있는 건 최진태도 마찬가지다. 장난이 아니라고? 이 녀석 뭔가 단단히 착각을 하고 있다. 최진태는 상담 테이블과 등지고 있던 자신의 자리에서 일어나 주수인 옆으로 다가간다.

"장난 아니면. 뭐 프로 선수라도 되려고?"

"네."

"쓸데없는 소리하지 말고 앞에 자료나 봐."

"왜요?"

"거긴 산전수전 겪은 사람들이 다 나오는 곳이야. 근데 지금 너 같은 애가 참가해서 뭘 하겠다고? 어차피 해도 안 돼. 그러니까 앞에 자료나 봐. 선생님, 거기 자료 설명 좀 해주세요."

"아⋯⋯. 네."

최진태의 말에 김 선생은 바로 대답은 했지만, 주수인에게 눈을 떼지 못하고 있다. 입술을 깨물며 화를 참고 있는 소녀의 모습에서 김 선생은 알 수 없는 동질감을 느낀다. 불 화산같이 타오르지만 표출하는 법을 배우지 못한 어린 시절의 자신을 보는 것만 같다.

박 감독 역시 애써 화를 내는 최진태를 바라보며 말을 아낀다. 프로라는 단어가 주는 무게와 그곳으로 가는 과정에 얼마나 많은 희생이 필요한지를 잘 알고 있는 최진태였다. 그렇기에 지금 그의 분노가 주수인을 향해 있는 게 아니라는 걸 박 감독은 잘 알고 있었다.

김 선생의 예상과 달리 최진태의 다그침에도 주수인은 주눅 들지 않았다. 최진태의 생각이 잘못됐다는 걸 언제, 어디서, 어떻게 받아칠지를 생각하던 중이었다. 주수인은 수업 종이 울린 후 복도를 걸어가는 최진태를 향해 크게 소리친다.

"그걸 어떻게 알아요?"

아무도 없는 복도에 주수인의 목소리가 울린다. 걸음을 멈추고 돌아선 최진태 앞으로 조금 전의 맹한 모습은 찾아볼 수 없는 주수인이 성큼성큼 다가온다.

"제가 할 수 있을지 없을지 코치님이 어떻게 아냐고요. 왜 해 보지도 않고 안 된다고 해요? 코치님이 어떻게 아는데요?"

"넌 네가 뭐라도 되는 거 같지? 그냥 시키는 대로 해. 나중에 후회하지 말고."

이런 유형의 선수들을 최진태는 잘 알고 있었다. 박 감독과 함께 독립구단에 있을 때 프로에서 내려온 선수들 대부분이 과거 자신의 화려했던 모습에 취해 현실을 인정하지 못했다. 실력을 키우기에 앞서 자신에게 더 많은 기회가 오지 않은 걸 원망했다. 최진태가 보기에 주수인도 그들과 다르지 않다. 천재 야구소녀란 타이틀은 어디까지나 유소년에서나 통하는 말이란 걸 이 아이는 모르고 있는 것 같다.

다시 돌아서지만 최진태는 뭔가 개운치 않다. 역시나 몇 걸음도 떼지 않았는데 기다렸다는 듯 주수인의 목소리가 최 코치의 등을 때린다.

"그렇게 잘 아는 사람이 왜 본인은 프로팀에 못 갔어요? 사람들이 그러던데 코치님도 고교야구 경력밖에 없다면서요? 야구 다 아는 것처럼 말하면서 왜 본인이 안 되는 건 몰랐냐고요. 그럼 코치님도 처음부터 야구 안 했어야죠!"

최진태는 주수인의 소리를 못 들은 척 로비를 빠져나간다. 그가 프로에 못 갔다는 건 모두가 다 아는 사실이지만 굳이 꺼내고 싶지 않은 비밀이었다. 최진태는 마치 주수인에게 자신의 치부를 들킨 것 같아 도망치듯 걸음을 옮긴다.

⊖

진로 상담 때문에 오전에 해야 될 야외훈련이 한참이나 밀려 있었다. 다른 날 같으면 하루쯤 야외훈련을 미룰 수 있었지만 고3들이 빠져 분위기도 어수선해 선수들을 다잡을 필요가 있다고 최진태는 판단했다.

야외훈련은 대부분 투수와 타자가 진영을 나눠서 따로 진행한다. 투수의 경우, 실내에서 하기 힘든 달리기 등의 하체 중심 훈련부터 시작하는데 기본 훈련이 끝나면 간격을 크게 벌려서 캐치볼을 하며 마무리한다. 타자의 경우 기본 하체 운동을 포함해 외야와 내야로 나눠 수비 위주로 훈련을 진행한다. 대부분 코치가 쳐주는 공을 내야와 외야에서 받는, 펑고 훈련을 한다.

겨울이 내려앉은 운동장에서 최진태의 목소리는 평소보다 더 커진다. 아무래도 겨울이다 보니 선수들의 움직임이 평소와 다르게 굼뜰 수밖에 없다. 이런 날씨는 조금이라도 긴장을 늦출 수 없다. 얼어 있는 땅에서는 자칫 작은 실수가 큰 부상으로 이어지기 십상이기 때문에 최진태는 더 예민하게 선수를 지도 할 수밖에 없다. 오늘은 박 감독의 지시로 특별히 이정호가 후배들의 타격 자세를 지도하는 날이기도 했다. 어수선한 분위기를 다잡는데 롤모델을 보여주는 것만큼이나 좋은 게 없다는 걸 박 감독은 잘 알고 있었다.

주수인은 글러브를 들고 운동장에 왔을 때 이정호가 보이자 왠지 모를 안도감이 들었다. 유소년 시절부터 같이 야구를 해오기도 했고 이정호라면 자신의 부탁을 들어줄 것만 같았다. 주수인은 아직 최진태와의 싸움을 끝내지 않고 있었다.

훈련하는 선수들을 가로질러 온 주수인은 이정호에게 타격 자세를 배우고 있는 후배에게 다가가 대뜸 알 수 없는 요구를 한다.

"야. 너 타석에 서봐."

"네?"

"빨리 가서 서."

우물쭈물하는 후배를 두고 주수인은 이정호와 시선을 마주치진 못한다. 왠지 모를 부끄러움과 괜한 자격지심이 이정호 앞에서 주수인을 더 작게 만든다.

"야. 공 좀 받아줄래?"

"어? 그……. 그래."

"넌 뭐 해? 빨리 가서 타석에 서."

주수인이 다가오자 최진태는 펑고를 잠시 멈춘다. 선수들은 타격을 할 때 주변에 사람이 다가오면 스윙을 멈추는 게 기본적으로 몸에 배어 있다. 하지만 지금 최진태가 타격을 멈춘 건 온전히 그 이유만이 아니란 걸 주변에 있는 선수들 모두가 눈치를 채고 있었다.

"저기 있는 애, 우리 팀 테이블세터예요. 쟤가 안타 치면 코치님 말이 맞아요. 됐죠?"

"뭐?"

"잘 보시라고요."

주수인은 다짜고짜 마운드로 걸어간다. 최진태는 하는 수 없이 멀리 외야에 나가 있는 선수들에게 수신호로 멈추기를 지시한다.

홈에 있던 이정호는 주수인이 마운드에 오르자 포수 마스크를 쓰고 자리를 잡는다. 무엇 때문인지는 모르겠지만 주수인의 부탁이니 들어줄 수밖에 없다. 평소 야구를 대하는 주수인의 자세를 볼 때 지금 하는 행동 역시 타당한 이유가 있을 거라고 이정호는 생각한다.

"야. 제대로 자세 잡아."

엉거주춤 서 있던 후배는 이정호의 말에 어쩔 수 없이 배트를 고쳐 잡는다. 다른 선배라면 모를까 이정호의 지시니 따르지 않을 수가 없다.

순식간에 훈련이 중단된다. 선수들은 지금 무슨 일이 일어나고 있는지에 대해 웅성거리기 시작한다. 주수인은 자신에게 시선이 쏠리니 아무리 선배라고 하지만 후배들의 눈이 매섭게 느껴진다. 이런 상황을 예상은 했지만 그것을 감당하는 건 다른 문제였다. 그래도 이제와 되돌릴 수도 없는 일이다. 주수인은 실전 경기에 서 있는 것처럼 가슴에 크게 호흡을 불어넣어 투구 자세를 잡는다. 멀리서 이정호가 공을 받을 준비가 됐다는 사인을 보낸다. 그래, 망설일 것 없다. 최 코치에게 내가 틀리지 않았다는 걸 보여줄 필요가 있다.

주수인은 온 힘을 다해 1구를 던진다.

어릴 적부터 주수인은 자신의 가장 큰 무기는 강속구라고 생각했다. 초등학교 때 이미 100km를 넘겼고 중학생이 돼서는 1년에 10km씩 구속이 증가했다. 주수인이 자신의 최고 구속을 갱신할 때마다 스포츠 신문과 방송에서는 천재 야구소녀 취재 열기로 팀 훈련에 지장을 주기도 했었다. 주수인에게 강속구는 자신이 천재 야구소녀라는 걸 증명해 보이는 상징과도 같았다.

타석에 서 있는 후배는 주수인의 1구와 2구 모두 헛스윙으로 보내버린다. 추운 날씨 탓에 몸이 풀리지 않아서 일까, 눈에 훤히 보인다고 생각했는데 이상하게 타격 공간에 들어오지 않는다.

주수인은 후배의 두 번째 헛스윙이 이어지자 보란 듯이 최진태를 향해 고개를 돌린다.

"스트라이크 투예요!"

주수인의 치기 어린 도발에 최진태는 이 상황을 그냥 두고 볼지 주수인을 무너뜨릴지 고민한다. 어느 쪽이든 중요한 건 주수인에게 도움이 되는 방향이어야 한다.

"야. 잠깐 기다려봐!"

1루에 서 있던 최진태는 대결을 멈춘 후 홈베이스로 다가간다. 그의 반응에 주수인은 한껏 더 자신감이 붙어 조금 전까지 안고 있던 긴장은 햇빛 아래 놓인 눈처럼 순식간에 사라져 버린다.

"너 타이밍 똑같이 투수 왼발에 맞췄지?"

"네."

"타이밍은 투수 봐가면서 맞춰야지. 무슨 말인지 알겠어?"

최진태의 말이 들릴 듯 말 듯 하지만 주수인은 개의치 않는다. 승부는 이미 결정됐다. 비록 후배라고 하지만 팀에서 타율이 가장 좋은 순번인 1, 2번을 담당하고 있는 선수가 파울로도 공을 끊지 못했다. 최 코치는 후배의 왼쪽 다리를 몇 번 툭툭 치는 가 싶더니 주수인을 향해 소리친다.

"자. 시작해봐!"

주수인은 다시 한번 호흡을 가다듬는다. 그런데 이정호의 시선이 이상하다. 무심한 듯 최진태를 바라보는데 마치 물건을 빼앗긴 아이처럼 눈빛엔 불안이 스며 있다. 평소에는 잘 보지 못했던 이정호의 표정에 주수인은 의구심을 가지지만 대수롭지 않은 듯 그냥 흘려보낸다.

주수인의 세 번째 투구가 이정호의 글러브를 향해 날아간다.

'탁' 하는 경쾌한 소리와 함께 공은 보기 좋게 2루를 넘어 금세 외야 끝까지 날아가 담장을 가격한다.

보통 타자들은 투수의 디딤 발에 맞춰 타격 타이밍을 맞춘다. 다만 주수인 같이 평균보다 구속이 느린 선수들은 다른 투수와 똑같이 타이밍을 맞추면 안 된다. 그럴 경우 타자의 스윙이 공보다 미세하게 더 빨리 움직이게 된다는 걸 최진태는 알고 있었다.

공이 담장을 때리자 구경만 하고 있던 팀원들 사이에서 환호가 나온다. 주수인의 공은 마치 타격 연습용 공처럼 아무런 저항 없이 한 번에 담장까지 날아갔다. 황망한 눈빛으로 외야를 바라보는 주수인 뒤로 최진태가 다가온다.

"너 방금 그게 최고 구속이지?"

최진태와 다시 마주한 주수인은 대답 대신 침묵을 선택한다. 지금 주수인은 왜 자신의 공이 타격 연습용이 됐는지 궁금할 뿐이다.

"내가 너 여자라서 안 된다고 하는 거 같아? 그게 아니라 실력이 없어서 안 된다고 하는 거야. 너는 다른 선수들에 비해서 힘이 너무 약해. 알겠어?"

최진태는 주수인의 약점을 정확히 파악하고 있다. 야구에서 기술보다 중요한 건 바로 힘이다. 힘이 받쳐주지 않으면 기술은 아무런 쓸모가 없다. 주수인도 이를 모르는 게 아니다. 다만 이 정도면 뒤처지지 않는다고 생각을 뿐이었다.

아무 대답도 하지 못 하는 주수인을 두고 최진태는 지금 이 상황을 지켜보는 선수들을 향해 훈련 종료를 알린다.

"자. 오늘 훈련 여기까지! 다들 정리해!"

선수들 모두 최 코치의 지시에 따라 재빠르게 장비를 정리한다. 해는 어느덧 짧아져 운동장엔 벌써 그늘이 지고 있다. 포수 장비를 벗어 정리하던 이정호는 아직도 마운드에서 내려오지 못하고 있는 주수인을 바라보다 이내 고개를 돌린다. 빨리 자리를 피해주는 게 주수인을 위한 길이라는 걸 그는 느낀다.

⓪

3년 전 주수인이 야구부에 입학하면서 학교 체육관 여자 화장실 맨 끝자리는 주수인의 공간이 되었다. 주수인 한 명을 위해 라커룸을 새로 만들어 줄 형편이 되지 못한 학교에서 임시방편으로 마련해준 자리가 3년 동안 계속 이어지고 있었다.

자물쇠로 잠긴 문을 열면 의자 커버를 씌운 변기가 가장 먼저 눈에 들어온다. 의자가 되어 있는 변기 뒤로는 조립식 선반을 이용해 소지품도 올려놓을 수 있어 나름 그럴 듯하게 꾸며져 있는 라커룸이다. 입학 당시 라커룸을 여자 화장실로 쓰고 있다는 게 팀원들 사이 알려지면서 몇몇 선수들이 주수인에게 '화장실 소녀'라고 놀려댔었다. 박 감독의 엄포에 '화장실 소녀'라는 말이 사라진 후로는 주수인 역시 화장실 라커룸을 나름 만족하며 쓰고 있었다.

주수인은 아무도 없는 화장실 라커룸에 앉아 머리를 비우려 노력하지만 마음먹은 것처럼 쉽게 되질 않는다. 주수인은 지금 자신이 처한 상황이 '부끄러움'이라는 말랑한 표현보다 '비참함'이라는 단어가 어울린다고 생각한다. 하루 종일 별로 한 게 없음에도 어깨가 쑤신다. 조금 전 투구에 최선을 다했다는 걸 몸이 먼저 말해준다. 이제 어떻게 해야 될까? 내가 할 수 있는 게 뭐가 있지? 정말 방법이 없는 걸까? 머리를 비우려 할수록 주수인의 고민이 만들어 낸 두려움은 더 크게 번진다.

같은 시간. 야구부 사무실에서는 진로 상담 내용을 통한 선수들 자료와 오늘 훈련 일지를 정리하는 작업이 한창이다. 빠른 속도로 훈련 일지를 정리하는 최진태에 비해 고3 선수들의 기록지에 '기록 종료'라는 단어를 적는 박 감독의 속도는 유난히도 느리기만 하다.

말없이 앉아 있던 박 감독은 사무실을 나서려는 듯 자리에서 일어나 겉옷을 챙겨 입으며 최진태를 바라본다.

"진태야. 너 나 원망하냐?"

"네?"

엉뚱한 소리에 최진태는 박 감독을 쳐다본다. 박 감독은 어느새 문 앞까지 가 있다. 문을 열지 못하고 문고리만 잡은 채로 말을 이었다.

"프로에 못 갈 놈 빨리 포기시켰어야 했는데 내가 계속 해보라고 했잖아."

최진태는 자신도 모르게 고개를 숙인다. 언제부터인가 최진태는 '프로'라는 단어를 마주할 때마다 고개가 숙여졌다. 마치 잘못이라도 한 사람처럼.

박 감독은 그런 최진태를 보며 씁쓸한 기운을 내뱉는다.

"나 너무 원망하지 마라. 지금 이게 결과 같아도 살아보니까 이것도 다 과정이더라. 아직 결과 나오려면 멀었다."

문을 나서는 박 감독의 뒷모습을 보면서도 최진태는 아무런 말을 하지 못한다. 말할 타이밍을 놓친 걸까 아니면 아무 말도 하고 싶지 않았던 걸까. 최진태, 자신도 본인의 마음을 정확히 파악하지 못한다. 그는 오늘 따라 자신의 치부가 너무 많이 드러나는 것만 같아 마음이 편치 않다. 그래. 이건 다 주수인 그 녀석 때문이다. 나와 닮은 그 녀석 때문에 지우고 싶은 내 과거가 자꾸 보이는 거다.

◎

늦은 밤이 되어 도착한 집에 부모님은 보기 좋게 술판을 차려놓고 있다. 문을 열자 들려오는 주귀남의 소란스러운 목소리가 주수인의 귀를 때린다.

"여기 1층 부동산만 들어오면 완전 노다지야."

"당신이 그걸 어떻게 알아!"

"내가 부동산 공부만 몇 년을 했는데! 이런 건 딱 보면 알지. 여기 1층에 사무실 자리는 확실하게 빼준다고 했으니까 이번엔 진짜 무조건 합격한다."

아빠가 또 무슨 계획을 꾸미는 게 틀림없다. 엄마는 왜 아빠가 하고 싶은 걸 하게 놔두는지 주수인은 이해할 수가 없다. 제발 부탁이니 아빠는 아무것도 계획하지 않았으면 좋겠다.

주수인이 방으로 들어가기 위해 부엌을 지나치자 아빠는 딸의 속도 모르고 핑크빛 미래를 머금은 환한 미소를 날린다.

"수인아! 아빠 알지? 아빠가 또 한다면 하는 거! 이번에 아빠가 합격만 하면 우리 집 진짜 형편 쫙쫙 핀다 쫙쫙 펴."

아빠의 호쾌한 발언은 전단지를 들여다보고 있는 엄마의 표정이 말해주듯 언제나 불안을 동반했지만 주수인은 이제 더는 신경 쓰고 싶지가 않았다.

아무런 대꾸도 없이 방으로 들어와 난로를 켜자 불 꺼진 방안은 난로가 뿜어내는 붉은색 열기로 서서히 밝아지기 시작한다. 바깥에서 가지고 온 차가운 공기도 어느 덧 서서히 사라져 방바닥에 주저앉은 주수인의 얼굴에도 붉은 난로 빛이 묻어나고 있다. 주수인 앞으로 며칠 전 동생이 어지럽힌 스크랩이 보인다. 그 중 모서리 끝으로 삐죽 튀어나온, 종이에 적힌 글씨로 주수인의 시선이 옮겨진다.

'천재 야구소녀 주수인'

주수인은 오늘 있었던 일들을 다시 한번 더 곱씹어 본다. 이제 곧 20살이 되는 주수인은 어쩌면 더 이상 천재 야구소녀가 아닐지도 모른다. 하지만 그렇다고 해서 야구를 포기할 생각은 없다. 야구를 계속하기 위해선 모든 걸 다시 시작해야 한다. 처음부터 다시.

⊖

화양고등학교 야구부는 아직까지 재정이 그리 넉넉하지 못해 소모품들은 프로구단에 요청해 후원을 받는 경우가 많았다.

밤늦은 시간이었지만 프로구단 A팀에서 스카우터로 일하는 김진규가 직접 연습공을 들고 학교로 와줬다.

　김진규는 고등학교 시절까지 최진태와 함께 같은 팀에서 야구를 했었다. 고등학교 졸업 이후 두 사람은 각자 다른 길을 택했다. 최진태는 선수로 생활을 계속한 반면, 김진규는 프런트 쪽으로 발을 돌려 40살이라는 어린 나이에 차장까지 고속 승진했다. 오늘 같은 경우 차장인 김진규가 굳이 안 와도 될 일이었지만 취업한 친구의 얼굴을 보기 위해 먼 곳까지 찾아왔다. 전혀 다른 길을 택한 만큼 성격 또한 정반대라 늘 만나면 티격태격 싸워댔지만 두 사람이 알고 지낸 세월만큼 미운정이 쌓여 있었다.

　"야. 그런 애를 고등학교에 입학시킨 것부터가 문제지. 안 그래?"

　최진태는 차에서 실내 연습장으로 연습공 박스를 옮기는 동안 전자 담배만 피워대는 김진규가 오늘따라 더 얄밉게 느껴진다. 원래부터 재수 없는 놈이라고 생각했지만 김진규는 시간이 지나도 변함이 없었다

　"야구부 만든지 얼마 안 돼서 홍보도 해야 되니까……."

　"아이고……. 너네 감독은 예나 지금이나 왜 그러냐. 그러니까 프로도 못 가고 그 나이까지 이런 고등학교 팀에 있는 거 아니야."

　최진태가 내려놓는 상자 소리에 둘만 있는 실내 연습장이 울

린다. 김진규는 박 감독에 대해 그리 좋은 감정을 가지고 있지 않았다. 늘 뜬구름 잡는 소리로 최진태를 힘든 길로 인도하는 것도 문제이지만 박 감독과 비교했을 때 자신이 너무 세속적인 삶을 살고 있는 것만 같아 마음이 불편했기 때문이다.

"꼭 그런 것도 아닌 게 감독님 같은 분은 여기 계시는 게 더 좋으실 거야."

"이런 변두리 고등학교에 있는 게 뭐가 좋아? 너도 그런 생각을 가지고 있으니까 계속 이렇게 사는 거 아니야."

"그럼 어디 프로팀에 소개라도 시켜주던가."

최진태는 자신도 모르게 괜한 말을 뱉었다. 김진규의 다음 반응이 뻔히 예상된다. 한발 늦은 후회가 밀려온다.

"대학팀에서도 안 받아주는데 프로팀은 무슨……. 아니 그니까 미리미리 학위도 따고 코치 준비나 좀 해놓지 재능도 없으면서 선수 생활은 마흔 때까지 하지 않나……. 답답하다 진짜."

좀처럼 김진규의 말에 대꾸를 하지 않던 최진태의 얼굴에서 짜증이 번진다. 오늘 하루 종일 최진태는 주수인을 상대하며 자신의 과거로 인해 상처를 받았다. 그는 그저 야구가 하고 싶어 열심히 했을 뿐인데 모두가 그의 과거를 우습게 여기고 있다.

"새끼……. 연습공 몇 개 주면서 잔소리는……. 사람 볼 줄 모르는 너 같은 스카우트들 때문에 내가 프로에 못 간 거야! 알아?"

"뭘 볼 줄 몰라. 너 그때 최고 구속 얼마 나왔는데? 너 정도

구속으로는 프로에 못 와."

그러지 말아야 하는데 최진태는 울컥하고 말았다. 야구 때문에 좌절을 알게 됐고 좌절은 화를 불러 사랑하는 아내마저 떠나보내게 만들었다. 이혼 후 전문가에게 상담을 받으며 술도 끊었지만 화를 다스리는 건 아직 완치가 되지 않았다. 사람들이 하찮게 보는 만큼 그에게 야구는 지울 수 없는 상처가 되어 흉터로 남아 있었다.

3

체육과를 비롯해 수업 일수를 다 채운 고3들은 이제 더 이상 수업에 들어오지 않아도 된다는 학교의 방침이 내려졌다. 그에 따라 대부분의 고3 야구부원들은 등교를 하지 않았지만 주수인 과 이정호만은 예외였다. 이정호는 프로로 가기 전 충분히 몸을 만들 필요가 있어 학교 시설을 이용하고 있는 중이었다.

주수인은 새벽 여명 속 달리기로 시작해 오전에는 체력 단련 실에 있는 숄더프레스머신과 씨름을 하기 시작했다. 그런데 체 력 단련실의 운동은 달리기만큼 쉽지만은 않다. 주수인은 있는 힘껏 손잡이를 당겨보지만 추는 올라갈 생각을 하지 않는다. 그 저 오기로 남자들과 같은 무게를 들어보려 하지만 그러기에는 주수인이 가지고 있는 힘이 너무 부족하다. 바로 옆에 있는 1학 년 후배는 주수인이 들어 올리려는 무게보다 더 많은 추를 올 려서 운동을 하고 있다. 주수인은 더 오기가 생겨 손잡이를 다 시 한번 있는 힘껏 당겨 본다. 그러자 힘에 부쳐 부들부들 떨리 던 손은 무게를 못 이기고 그만 손잡이를 놓치고 만다. '쾅' 하는 소리에 주변에서 시선이 쏟아진다. 따가운 눈총보다 더 아픈 건 팔과 어깨다. 끊어질듯 스며드는 고통이 주수인을 더 억누른다. 주수인은 억울함을 넘어 화가 나기 시작한다.

반대편에서 아령을 들고 있던 이정호는 무거운 추가 떨어지는 소리에 주수인을 발견했다. 중량을 조절하라고 조언을 해주고 싶지만 그럴 분위기가 아니라는 걸 멀리서도 느낄 수 있어 이정호는 못 본 척 시선을 거둬들인다. 그는 주수인을 보며 왠지 모르지만 미안한 감정이 든다. 단순히 운동량으로만 비교할 순 없지만 주수인이 자신보다 훨씬 더 많은 시간을 훈련에 투자했다는 걸 이정호는 알고 있었다.

저녁이 되어 실내 연습장의 문을 닫기 위해 최진태가 왔을 때 주수인은 여전히 화가 잔뜩 나 있는 상태였다.

"자 다들 빨리 정리하고 들어가자."

선수들에게 뒷정리를 지시한 최진태는 연습공과 스피드건을 챙기는 주수인이 눈에 들어온다. 저 녀석 또 뭘 하려고 저러는 걸까? 출입문에 서 있던 최진태는 주수인에게 다가간다.

"너 뭐 해? 그건 뭐 하려고?"

주수인은 최진태에게 시선조차 주지 않는다. 아무리 자신에게 불만이 많다지만 이렇게 노골적으로 코치를 무시하는 선수를 최진태는 본 적이 없었다.

"주수인. 대답 안 할래?"

"150 던지면 프로에 갈 수 있잖아요."

"뭐?"

"제구 좀 안되도 일단 150만 던지면 되는 거 아니에요?"

주수인은 자루에 담긴 공과 스피드건을 들고 실내 연습장을 빠져나간다. 밤에는 선수 보호를 위해 실내 연습장의 문을 닫기 때문에 아마도 야외에서 훈련을 계속 하려는 거다. 150km라니. 주수인의 얼토당토않은 말에 최진태는 황당하기만 하다.

사실 주수인이 잔뜩 화가 난 이유는 따로 있었다.

점심시간이 지나서 한창 훈련을 하던 중 갑자기 교무실에서 자신을 찾는 교내 방송이 나왔다. 교내 방송에서 자신을 찾을 때면 상장이나 인터뷰 같은 기분 좋은 일이 항상 뒤따랐었던 기억이 있어 주수인은 설레는 마음으로 자리에서 일어났다. '혹시 프로구단에서 찾아온 걸 아닐까?'라는 기대는 주수인이 발걸음을 더 빨라지게 만들었다.

그런데 막상 교무실에선 주수인의 바람과 달리 전혀 다른 상황이 펼쳐졌다.

테이블 위에는 프로구단의 계약서가 아닌 여자핸드볼 국가대표 선발전 팸플릿이 놓여 있었다. 어릴 적부터 주수인은 야구 외에 다른 종목에서도 관심을 가지는 선수였다. 구속이 100km를 넘어갈 무렵 테니스, 골프, 핸드볼 등 손으로 하는 대부분의 종목에서 주수인을 찾아왔었다. 야구는 어차피 여자가 할 수 있는 운동이 아니라는 전제가 깔려 있었기에 그들은 당당하게 주수인을 찾아왔다.

교장도 마찬가지였다. 주수인은 이제 더 이상 야구를 할 수 없다고 생각했다. 교장은 권유라기보다는 강요에 가까운 말을 뱉었다.

"테스트 한번 받아보는 건 괜찮지 않아? 우리나라 여자핸드볼이면 세계 최강팀인데……. 올림픽도 나가고, 금메달도 따고, 그럼 학교 위상도 높아지고. 얼마나 좋아!"

교장은 사립 고등학교의 책임자로서 학교를 알리기 위해 어떤 식으로든 노력을 다하고 있는 것뿐이었지만 주수인은 그를 이해할 수 없었다.

"주수인!"

"네……."

"그쪽에선 너를 유소년 때부터 쭉 지켜봤다는데……. 그러지 말고 테스트라도 한번 받아봐. 우리도 적극적으로 도와줄 테니까."

주수인은 주변 사람들이 자신을 죄인으로 취급하는 것만 같아 울화가 치밀었다. 도와주는 건 바라지도 않는다. 그냥 가만히 내버려두기만 해도 좋으련만 주변에서는 야구를 하면 안 된다는 사람들뿐이었다.

주수인은 교장실에서부터 분노를 쌓아놓은 채로 계속해서 훈련을 하고 있었다. 실내 연습장이 생긴 후 이제는 잘 쓰지 않는 야외 불펜에는 철조망을 때리는 소리가 늦은 밤까지 요란하게 울리고 있다. 아직 치우지 못한 낙엽들이 발에 채이지만 주수인은 그리 신경 쓰지 않는다. '삐' 소리를 내며 속도를 알려 주는 스피드건을 들여다볼 때마다 주수인은 오기가 생긴다. 다만 문제는 그 오기만큼 몸이 따라주지 않는데 있었다. 아픈 어깨도 문제이지만 손에서는 언제부턴가 피가 흐르고 있다. 최진태에게 150km를 던지겠다고 의기양양하게 말했지만 구속을 올리는 게 현실적으로 쉬운 일은 아니었다. 구속이 가장 많이 오르는 시기인 지난 1년 동안 주수인은 구속을 겨우 3km를 올리는 것에 그쳤다.

130km.

129km.

131km.

더 오르지도, 그렇다고 더 떨어지지도 않는 고만고만한 속도가 반복적으로 스피드건에 나타난다. 빠른 공을 던지기 위해 너무 많은 숨을 불어넣었다. 차가운 공기 때문에 기침이 나지만 주수인은 훈련을 멈출 생각이 없다.

새벽 운동장을 달릴 때도 그랬듯, 불 꺼진 건물을 뒤로한 채 주수인은 다시 야구공을 집어 든다.

◎

오늘도 신해숙는 구내식당에서 반찬을 가져왔다. 집에서 먹는 밥이지만 공장 구내식당과 다른 게 없다.

"주수영. 너도 와서 밥 먹어."

TV를 보던 주수영이 엄마의 부름에 달려와 식탁 앞에 앉는다. 갓 지은 밥도, 얼큰한 찌개도 없는 부실한 상차림이지만 그래도 다행히 4인용 식탁 자리는 빈 곳 없이 꽉 채워져 있다. 신해숙은 주수인이 어릴 때부터 가족끼리 함께 식사하는 데에 집착했다. 그래서 주수인은 다른 특별한 이유가 있지 않는 한 그래도 저녁은 늘 함께하고 있었다.

신해숙은 말없이 앉아 있는 주수인이 신경 쓰인다. 요 며칠 새벽부터 나가 늦은 밤에야 들어왔었는데 오늘은 웬일로 같이 저녁을 먹으려 하는지 속내를 알 수 없었다. 평소와 다른 점이 있다면 주수인은 오늘따라 유난히 의기소침해 보인다. 눈치를 보는 것도 같으면서도 또 아닌 것 같기도 하다. 다만 확실한 건 주수인의 기운에 식탁 분위기가 많이 가라앉아 있다는 것이다. 가족들 모두 주수인의 눈치를 살피지만 애써 모른 척한다.

"나 유급하면 안 돼?"

신해숙의 표정이 변한다. 입에 들어간 밥이 목구멍에 넘어가질 않자 신해숙은 급히 물을 마신다. 아내의 표정을 본 주귀남은 분위기를 부드럽게 끌고 가기 위해 애써 입을 연다.

"유급이면, 학교 1년 더 다니는 거?"

"이상한 거 아니야. 운동도 계속할 수 있고 내년에 지명받기도 쉬우니까 많이들 해."

"너 학교에서 정한 취업 기간 지났지? 그렇지 않아도 오늘 회사 팀장님한테 네 이야기 해뒀어. 한번 데려오래."

주수인이 꺼내 놓은 유급이라는 작은 희망을 신해숙은 단호한 어투로 모두 잘라 버린다. 이래서는 대화가 되지 않는다. 해결책을 찾기 위해 말을 꺼낸 주수인은 답답함만 더 커질 뿐이다.

"엄마. 나 그냥 이렇게 졸업하는 거 싫어."

"싫으면? 지금까지 몇 년을 했는데 1년 더 한다고 뭐가 달라져? 지금 네 아빠 보고도 몰라?"

애써 모른 척 밥을 먹고 있던 주귀남에게 화살이 날아온다. 같은 처지를 가진 두 사람이 나란히 앉아 있는 모습이 우습기도 하지만 한편으로는 처량해 보이기도 한다. 주수인은 할 말이 많이 남았다. 150km를 던지면 모든 게 해결된다는 것도 알려주고 싶다. 다만 시간이 필요할 뿐이다.

불행히도 엄마는 주수인의 말을 들어 줄 생각이 없다. 삶이라는 건 그렇게 자신이 원하는 방향으로 흘러가지 않는다는 걸 신해숙은 잘 알고 있다.

"안되는 거면 빨리 포기해. 그거 부끄러운 거 아니야."

⑨

며칠 동안의 강행군에 주수인은 많이 지쳐 있었다. 근력을 키우려던 무리한 운동이 오히려 근육에 상처를 주면서 통증이 올라왔다. 온몸이 두드려 맞은 것처럼 아파 일상생활이 힘들 정도였다. 주수인은 몸 쓰는 일에 부담을 느끼기 시작했다. 한 박자

쉬어가야 할 시기라는 걸 몸이 말해주고 있었지만 주수인은 그 소리를 무시했다. 누가 기한을 정해준 것도 아닌데 주수인은 혼자서 사냥꾼에 쫓기는 토끼처럼 생존을 위한 달리기를 하고 있었다.

주수인에게 150km는 생존의 문제였다.

주수인은 오늘도 새벽 운동을 마친 후 체력 단련실로 걸음을 옮겼다. 체력 단련실에서는 뜻밖에도 이정호의 인터뷰가 한창 진행되고 있었다. 학교에서는 물론 야구계에서도 이정호는 주목할 만한 신인 중 한 명으로 소개되고 있었는데 땀 흘리는 그의 모습을 보기 위해 여학생들도 몇몇 모여 있어 체력 단련실은 그의 존재감으로 한층 더 다른 분위기가 되어 있었다. 선수들 역시 인터뷰를 의식하지 않는 것처럼 행동하고 있지만 평소보다 더 큰 몸짓과 더 많은 무게를 달고 운동을 하고 있었다. 며칠 전까지만 해도 이정호는 그저 같은 야구부원 중 한 명이었는데 어느덧 공간의 분위기를 바꿀 수 있는 존재가 되었다고 주수인은 느낀다.

운동기구 사이에 설치된 카메라와 조명을 피해 주수인은 숄더프레스머신 앞으로 걸어간다. 인터뷰를 하던 이정호가 다른 곳으로 시선을 돌리자 기자도 이정호의 시선을 따라간다.

여자 야구 선수다.

'그래, 이 학교에 주수인이 있었지!'

우연히 발견한 주수인에 기자는 한 걸음에 두 개의 기사를 쓸

수 있겠다는 기분 좋은 예감이 든다.

"이정호 선수. 주수인 선수랑 친하죠?"

"네? 아……. 네. 치……. 친하죠."

주수인은 오늘도 무리해서 자신의 몸무게보다 많은 60kg이 넘는 무게 추에 핀을 집어넣는다. 사실 세팅을 하면서도 주수인은 벌써부터 겁에 질려 있다. 근력이 크게 나아졌다는 느낌이 없으니 추를 올린다고 한들 들지 못할 게 뻔하기 때문이다. 하지만 아직 주수인은 포기할 생각이 없어 보인다. 크게 심호흡을 가다듬으며 다시 한번 팔을 뻗어 추의 무게가 느껴지는 손잡이에 손을 가져다 댄다.

"야. 주수인."

자신을 부르는 소리에 고개를 돌려보니 쭈뼛대는 이정호와 날카로운 웃음을 짓는 기자가 서 있다. 기자의 얼굴은 기삿거리에 대한 기대감으로 빛난다.

두 사람에게서 주수인은 알 수 없는 불안함을 느낀다.

"여기 기자님이 너도 인터뷰를 좀 하고 싶다고 하셔서."

"아이고 유명하신 분을 이렇게 만나네요. 주수인 선수! 괜찮으시면 잠깐 시간 좀 내주시죠?"

"아. 아뇨. 괜찮아요."

"아니 이정호 선수가 그러던데 중학교 때보다 구속이 더 올랐다면서요?"

'구속'이라는 말에 얼굴이 급속도로 굳어진 주수인은 몸을 돌린다. 피하고 싶은 사실이 기자 입에서 나오니 참을 수가 없다. 주수인의 반응에 기자는 이정호를 향해 민망한 듯 웃어 보인다. 이정호 역시 주수인의 이런 반응은 예상하지 못했다. 사태를 수습해야 하는데 방법이 잘 떠오르지 않는다.

"저⋯⋯. 그⋯⋯. 제가 공을 며칠 전에도 받아 봤는데 130은 그냥 찍어요."

"130이요? 우와! 주수인양. 진짜예요?"

주수인은 이들의 반응에 아무런 대꾸도 하지 않고 자리에서 일어나 문 앞으로 걸어 나간다. 아마 이정호가 달려와 붙잡지 않았다면 주수인은 그대로 운동장까지 달려갔을 것이다.

"주수인 잠깐만. 왜 그냥 가? 인터뷰해서 나쁠 거 없어. 지금 네 상황도 알릴 수 있고."

"내 상황을 뭘 알리는데?"

늘 조용했던, 평소의 주수인과는 다른 모습에 이정호는 당황한다. 프로 지명이 끝난 후 조금 더 날카로워졌다고 느꼈지만 이 정도까지 날이 서 있는 줄은 몰랐다.

"그리고 궁금해서 물어보는데, 내가 130 던지는 게 그렇게 대단한 거야? 왜? 그게 왜 대단한 건데?"

송곳 같은 한마디에 이정호는 돌아서는 주수인을 더 이상 잡지 못한다. 말문이 막혀 붙잡을 자신이 없다. 자신도 모르게 저지른 실수를 후회하는데 그리 오랜 시간이 걸리지 않았다. 이정호는 자신의 행동이 우월감에서 나온 동정심이었다는 것에 놀란다. 부끄러운 이 상황을 되돌릴 방법을 찾아보지만 주수인은 이미 떠나고 없었다.

그날 주수인은 늦은 밤까지 야외 불펜에서 구속을 올리기 위해 투구를 강행했다. 어둠이 내려앉아 멀리 있는 가로등 불빛만 그녀의 존재를 말해주고 있었다.

얼마나 많은 공을 던졌을까. 피로감에 주수인은 이제 서 있을 기력도 없었다. '삐' 소리와 함께 스피드건에 마지막으로 찍혀 있는 숫자를 보고 주수인은 그 자리에 천천히 주저앉아 버린다.

131km.

19살 소녀는 태어나서 처음으로 자신의 한계와 마주한다. 아무리 노력해도 더 이상 속도가 올라가지 않을 거란 걸 온몸으로 느낀다. 발목을 감싸고 있던 모래주머니를 풀어헤치자 그제야 악물고 있던 소녀의 입술이 조금씩 열리기 시작한다.

별안간 눈에서 주르륵 눈물이 흐른다. 눈물은 얼굴을 타고 내려와 깨물고 있던 입술에 난 상처의 붉은 핏기를 지운다. 아무도 보는 이가 없음에도 소녀는 재빨리 눈물을 닦아 내려고 애를 쓴다. 찢어진 손에서 나는 피가 다시 얼굴에 묻어난다.

주수인은 난데없는 감정의 폭풍에 힘겹게 붙잡고 있던 끈을 잃어버린다. 눈물은 멈출 줄 모르고 서러움과 슬픔은 아이의 울음소리로 변해 소녀의 입에서 터져 나오기 시작한다. 그 어떤 위로도 없는 공간에서 겨울밤의 매서운 바람과 가로등 불빛만

이 소녀를 굽어보고 있다.

ⓔ

"그래서 핸드볼로 보내야 된다는 거예요. 이해하셨어요?"

교장의 쩌렁쩌렁한 목소리가 복도까지 울린다. 최진태가 처음
이 학교에 왔을 때처럼 두 사람은 커피를 사이에 두고 마주보며
앉아 있다. 시간이 흘렀어도 어색한 공기는 여전히 그대로다.

"네. 무슨 말씀인지는……."

"뭐, 박 감독같이 앞뒤 꽉 막힌 사람한테 이런 말 해봐야 씨알도
안 먹힐게 뻔하고……. 그러니 최 코치가 좀 도와줘야 돼요. 아시
겠어요?"

교장은 최진태처럼 실패를 경험한 사람이라면 자신의 깊은 뜻
을 알아줄 것 같았다. 그는 아직도 주수인을 핸드볼로 보내는 일
에 미련이 남아 있다. 주수인에게 말해봤지만 별다른 반응을 보이
지 않자 이번에는 최진태를 통해 설득시킬 심산이다.

"근데 야구라면 모를까……. 다른 종목으로 보내는 건 좀……."

"프로에 간다는 거, 말이야 쉽지 그게 어디 그렇게 쉽게 되는 일
입니까? 프로 문턱이 높다는 건 다른 사람들 보다 최 코치가 가장
잘 알잖아요. 올해도 전지훈련 기간에 주수인은 여기 남는다고 하
니까 그동안 어떡해서든 잘 한번 설득시켜 봐요."

최진태는 교장의 말에 바로 대답하지 못한다. 주수인과의 관계
도 그렇거니와 지금까지 봐왔을 때 자신이 말을 한다고 해서 들을

녀석이 아니었다. 그리고 무엇보다 야구 선수를 다른 종목으로 보내는 발상이 최진태는 마음에 들지 않았다. 이건 단순히 프로야구에 도전하느냐 마느냐를 따지는 문제가 아니다. 야구를 시작할 때도 그랬듯 그만두는 것 역시 본인이 결정해야 된다고 최진태는 믿고 있었다.

교장은 자신의 예상과 달리 최진태에게서 빠릿빠릿하게 대답 나오지 않자 괜한 신경질이 난다. 운동만 해온 이런 사람들은 여기가 어디인 줄 모르고 있다는 생각에서다.

"최 코치. 여긴 야구구단이 아니라 학교예요 학교. 이런 게 선생이 할 일이에요. 아셨어요?"

⊖

"자. 다들 여기 모여봐!"

실내 연습장으로 간 최진태는 어수선한 분위기에 선수들을 집합시킨다. 중심을 잡아주는 고3들이 없어지자 훈련하는 선수와 그저 시시껄렁한 농담을 주고받은 선수들이 뒤섞여 있다. 그동안은 선수들에게 별다른 큰소리를 내지 않았지만 최진태는 선수들을 그냥 이대로 두면 안 되겠다는 생각이 들었다. 교장에게서 원치 않는 충고를 들어서 화풀이를 하고 싶었던 것일 수도 있고, 자신의 과거가 주수인을 통해 소환된 탓일 수도 있었다.

그 이유가 무엇이든 지금 최진태가 해야 되는 일은 이곳에 있는 선수들이 자신과 같은 인생을 살지 않게끔 만들어주는 것이다. 그러기 위해선 자신이 악역을 맡을 필요가 있었다.

"훈련 일정표 보니까 어젠 개인 훈련도 있던데 연습장엔 아무도 없고. 감독님이 체크 안 한다고 훈련을 빠져? 어? 겨울이라고 이제 설렁설렁한다 이거지?"

평소와 다른 최진태의 모습에 선수들은 순식간에 기가 죽는다. 최진태와 눈이라도 마주칠까 다들 고개를 숙인다.

"운동장 50바퀴. 나가."

실내 연습장을 나가는 선수들의 발소리에도 한숨과 탄식이 섞인 숨소리는 숨을 줄 모른다. 하지만 최진태가 온 후 첫 기합이라 다들 긴장의 끈은 놓치지 않고 있다.

힘없이 걸어가는 선수들 뒤로 주수인이 보인다. 최진태는 기다렸다는 듯 주수인을 불러 세운다.

"너 여기 왜 왔어?"

"네?"

"졸업반은 이제 단체 훈련 안 나와도 돼. 너는 빨리 정리하고 들어가."

"안 나와도 된다는 거지 나오지 말라는 건 아니잖아요."

말이 끝나기가 무섭게 주수인은 급히 선수들의 뒤를 따라간다. 최진태는 주수인의 뒷모습에서 살아남고 싶은 자의 불안함을 느낀다. 그 불안함이 주는 공포가 무엇인지 잘 알기에 최진태는 더욱 더 마음이 쓰인다.

"야. 주수인! 너 거기 서봐."

결국 최진태는 주수인을 다시 불러 세운다. 그냥 넘어가도 될 일이지만 그렇다고 해서 마냥 이대로 두고 볼 수만도 없는 노릇이었다.

"너 뭐하는 거야? 넌 뭐가 그렇게 잘나서 다 네 멋대로 행동하는 건데? 네가 그렇게 잘났으면 네 말처럼 150 던져서 빨리 프로로 가. 그게 안 되면 타협도 할 줄 알아야지."

주수인은 아무 말도 하지 못한다. 의기양양하게 150㎞를 던지겠다던 주수인은 이제 없다. 현실이라는 벽은 그녀가 생각했던 것보다 훨씬 더 높고 단단하게 길을 막고 있었다.

"야. 애들 다 들어오라고 그래. 주수인, 넌 그렇게 뛰고 싶으면 혼자 가서 뛰어. 나가."

최진태는 지난번처럼 한바탕 말싸움을 각오했지만 그런 일은 일어나지 않았다. 주수인이 걸어 나가자 문 앞을 막고 있던 선수들이 길을 열어준다. 최진태는 애써 주수인에게 시선을 거두지만 안쓰러운 마음이 남아 있는 건 어쩔 수 없다.

홀로 절벽 끝에 선 주수인은 떨어지지 않기 위해 악을 쓰며 운동장으로 가 달리기를 시작한다. 걸음걸이가 보태질수록 운동장을 비추던 해는 건물 뒤로 넘어가 냉기와 어둠이 내려앉는다.

땅거미가 진 운동장은 마치 새벽을 보는 것만 같다. 최진태의 기합이 부당하다고 생각하면서도 주수인은 계속해서 운동장을 달린다. 단순이 최진태에게 지기 싫어서가 아니다. 지금 당장

야구부를 나가게 된다면 주수인은 더 이상 야구를 할 수 있는 공간을 잃는다. 몇 달 남지 않았지만 최대한 학교의 시설을 활용해야 한다. 그러려면 이렇게 싸워서라도 버티는 수밖에 없다.

주수인은 몸을 너무 혹사시킨 탓에 이제는 다리가 움직이지 않는다. 정말 한계에 다다랐다. 다리는 여기서 멈추기를 바라는 듯 자꾸만 주수인을 넘어뜨린다.

"주수인. 그만하고 들어가!"

멀리서 들리는 최진태의 목소리에 넘어진 주수인이 다시 일어난다. 하얀 입김과 함께 쓰러진 그녀는 온통 땀으로 젖어 있다. 최진태가 있는 곳을 바라보지만 그는 이미 사라지고 없다. 결국 운동장 기합은 누구 하나 득 될 게 없는 소모적인 기 싸움일 뿐이었다.

타인에 대한 표현 방식이 서툰 것까지 두 사람은 많이 닮아 있었다.

◎

최진태는 전 부인인 박해선과 마주 앉아 그녀가 찍어온 사진을 휴대폰으로 본다. 이제 막 7살쯤 되어 보이는 여자아이는 그 나이에 맞게 사진마다 사랑스런 웃음을 짓고 있다. 한 달에 한 번은 봐왔던 아이의 얼굴이 몇 달 사이 많이 자란 게 느껴진다. 밀린 양육비만큼 시간이 많이 흘러가 있었다.

최진태는 양육비가 든 봉투를 휴대폰과 함께 박해선에게 건넨다. 박 감독에게서 받은 봉투 그대로다.

"미안. 앞으로 안 밀리게 할게."

"그냥 계좌로 줘. 서로 번거롭잖아."

언뜻 최진태를 위하는 말 같았지만 미리 감정의 틈을 차단하려는 말이었다. 결혼과 이혼을 거치면서 최진태가 가진 야구에 대한 막연한 꿈 때문에 박해선 또한 많은 희생을 치러야만 했다. 그녀는 이뤄지지 못할 타인의 꿈 때문에 자신의 삶이 더 이상 망가지지 않기를 바랐다.

"나 코치 시작했어. 박 감독님 계신 곳이야. 고등학교……."

계속해서 그의 눈을 피해 오던 박해선은 최진태를 바라본다. 마치 부모의 칭찬을 바라는 듯한 애처로운 그의 모습에 가슴 한편이 쓰라리기 시작한다.

"이제라도 잘됐네."

"뭐가?"

"독립구단에 있을 때 오빠가 투수 코치 역할 다 했었잖아. 덕분에 같이 있던 선수들도 잘됐고. 오빠 그게 맞아. 나 먼저 일어날게."

박해선은 자리를 떠난다.

더 이상 이 사람을 바라볼 용기도, 그 용기를 가지기 위한 미련도 남아 있지 않았다.

하지만 그녀가 남긴 마지막 말이 최진태를 붙잡아 주었다.

그날 밤 최진태는 아무도 없는 실내 연습장에서 야구를 그만 둔 이후 처음으로 공을 던져본다. 과거보다도 훨씬 더 느린 자신의 공을 보며 최진태는 씁쓸한 웃음이 나온다. 심란한 마음에 던지는 공이라지만 예전에 비해 구력도 형편없이 떨어졌다. 바구니에 있는 공을 전부 다 던져보고 싶지만 낡고 닳은 어깨는 그마저도 용납해주지 않는다. 선수로서의 그의 삶은 그렇게 아무런 저항도 없이 끝나 있었다.

최진태는 자신이 던진 공을 정리한 후 실내 연습장의 불을 끄려던 찰나, 옆에 놓인 바구니에서 이상한 걸 발견한다. 그냥 공이 아니었다.

바구니 안에 들어 있는 모든 연습공에 붉게 핏물이 배어 있다. 아무리 연습공이라지만 이 정도까지 망가진 공은 본 적이 없다. 누가 그랬는지 말해주지 않아도 이 공의 주인은 알 수 있다.

주수인. 한때 천재라고 불렸지만 지금은 그저 고집불통인 소녀. 최진태는 모른 척 고개를 돌리고 싶지만 생각처럼 쉽게 되질 않는다.

평소와 다르게 무용학원에 수강생들이 몇몇 보인다. 6명 의 수강생이 편한 복장으로 춤을 춘다. 사람들이 보는 거울 뒤로는 한국무용학원에 걸맞은 북과 장구가 근사하게 전시되어 있다. 아이돌 춤과는 전혀 어울리지 않는 공간에서 춤을 추는 사람들의 모습이 우습게 보이지만 주수인은 괜히 마음이 씁쓸하다. 다른 사람들 눈엔 자신도 저 사람들과 똑같은 모습일거란 걸 주수인은 알고 있었다.

"너무 꽉 조이지마. 그럼 피 안 통해서 더 심하게 다쳐."

한방글은 발목 보호대를 건네는 주수인의 손을 보자 괜히 짜증이 난다.

"넌 뭐 UFC 나가냐? 미련하게······."

주수인의 손은 반창고가 덕지덕지 붙어 있어 엉망이다. 주먹을 쥐어 물건을 잡는 일을 완벽하게 하지 못할 정도로 상해 있다. 주수인은 한방글의 말에 머쓱해하며 점퍼 주머니에 손을 넣는다.

"뭐가······. 근데 춤 연습은 많이 했어?"

"나 이제 완전 잘하거든!"

주수인이 건넨 발목 보호대를 착용한 한방글은 다시 사람들 틈에 섞여 춤 연습을 시작한다. 평소 같으면 한쪽 구석에 자리를 잡고 춤추는 사람들을 구경을 했겠지만 자신의 손을 보며 속상해하는 한방글을 보니 괜히 미안한 마음이 들어 주수인은 그냥 무용실 문을 나선다.

그렇게 뒤숭숭한 마음으로 집으로 돌아온 주수인은 자신의 집 대문 앞에서 예상하지 못한 사람과 마주한다.

동네의 가파른 오르막길을 다 오르자 엉뚱하게도 이정호가 집 앞을 지키고 있다. 누가 먼저라고 할 것 없이 두 사람은 서로를 발견하지만 주수인은 이정호를 철저하게 무시해 버린다.

"주수인. 잠깐 이야기 좀 해. 네가 오해하는 거야. 나 그런 뜻으로 그런 거 아니야."

대문 앞에서 걸음을 멈춘 주수인은 이정호를 돌아본다. 이정호의 얼굴이 좋지 않다. 추운 날씨에 오랜 시간 기다려서인지, 아님 나름 마음고생을 해서인지 이유는 알 수 없지만 지금 이 상황이 서로에게 악영향만 끼친다는 건 확실해 보인다.

주수인은 이정호에게 다가가더니 주머니에 넣고 있던 자신의 오른손을 꺼내 이정호의 왼손에 천천히 가져다댄다. 그러자 두 사람의 손은 크기를 재듯 손바닥이 마주한다. 반창고가 덕지덕지 붙어 있는 주수인의 손에 비해 이정호의 손이 한 마디는 더 커 보인다.

"중학교 입학할 때까진 내가 더 컸었는데. 키도 더 컸었어. 야구도 더 잘했었고."

자조 섞인 탄식에 가까운 주수인의 말에 이정호는 이번에도 아무런 대꾸를 하지 못한다. 대문을 들어가는 주수인을 붙잡고 싶지만 그러기엔 너무나 큰 실수를 저질러 버렸다.

과거에 야구를 처음 시작했을 때는 물론 서로의 신체가 비슷했을 때도 이정호는 주수인의 공을 한 번도 치지 못했었다. 다시 말해 주수인은 이정호에게 있어 타고난 재능과 훈련 량에 있어서도 어느 것 하나 지지 않는 선수였다.

주수인이 여자치곤 야구를 잘한다고 여긴 자신의 태도가 너무나 부끄럽고 미안해 이정호는 차마 걸음을 뗄 수가 없다.

4

야구부 사무실에서 최진태의 이야기를 전해들은 박 감독은 대수롭지 않은 듯 기보만 들여다보고 있었다. 고민 끝에 건넨 말인데 이런 반응이라니. 최진태는 답답하기만 하다. 혹여나 박 감독이 주수인을 여자 핸드볼 팀에 보내자는 교장의 제안에 동의를 하는 게 아닌지 최진태는 내심 걱정이 들기 시작한다.

"그게 뭐 우리가 말린다고 될 일인가⋯⋯."

"아니 이러다 부상이라도 오면 문제가 더 커질 것 같아서요."

"야구 하는 애들 96%가 알아서 포기하게 될 건데 우리가 뭐 그거까지 신경을 써."

박 감독은 바둑판에 돌을 올려 놓는다. 최진태는 마땅히 대꾸할 말이 없다. 박 감독의 말이 틀린 말은 아니다. 자신도 그랬듯 앞뒤 가리지 않는 10대 때는 누가 뭐라고 한다 해서 귀담아듣지 않으니 말이다. 그렇다 해도 지금 주수인의 방식은 잘못됐다. 이대로 뒀다간 선수 생명이 끝날 수 있는 상황이라고 최진태는 판단하고 있었다.

"정 마음에 걸리면 테스트라도 받게 해보던가. 그럼 제풀에 꺾여서 뭐…….핸드볼이라도 하겠지."

사실 박 감독은 교장이 핸드볼 건으로 최진태를 먼저 만났다는 것에 내심 놀랐었다. 그간 말하지 않고 혼자서 끙끙 앓았다는 건 최진태가 아직 야구에 대한 애정이 충분하다는 방증이기도 했다. 박 감독은 혹여나 최진태가 야구를 그저 생계를 위한 돈벌이로만 여길까 애를 태웠었는데 여전히 야구인에 대한 긍지와 스포츠 인으로서의 사명감이 살아 있는 것 같아 마음이 놓였다.

"눈에 안 보여서 그렇지, 주수인이 볼 회전력이 좋아."

볼 회전력은 날아가는 공의 무브먼트를 말한다. 즉 변화구는 홈베이스에서의 움직임이 더 크고 직구 같은 경우 공이 더 무겁게 느껴진다. 허리나 하체를 이용한 투구 동작이 좋아야 볼 회전율을 높일 수 있는데 주수인이 그런 선수인 줄을 최진태는 눈치채지 못하고 있었다.

박 감독이 최 코치에게 이 말을 하는 것에는 확실한 이유가 있다. 그는 주수인을 최진태에게 맡겨도 되겠다는 판단이 서 있었다. 가르치는 데 일가견이 있는 최진태가 야구를 계속하고 싶은 주수인에게 도움이 됐으면 했다.

◎

화양고등학교 주차장이 아침부터 분주하다. 겨울방학과 함께 야구부는 1년 중 가장 큰 행사인 전지훈련을 가기 위해 짐을 옮기고 있다. 선수들은 각자의 짐과 훈련 시 필요한 장비들을 버스에 싣는다. 분주하지만 긴장감은 찾아볼 수 없는 기분 좋은 풍경이다.

버스 근처로 온 박 감독은 최진태에게 짐을 건네받는다. 짐이라고 해봤자 작은 여행용 가방 하나가 전부다.

대만으로 떠나는 전지훈련 기간 동안 학교에 남는 사람은 최진태와 주수인뿐이다. 최진태는 학교에서 업무를 처리해야 될 경우를 대비해 학교에 남지만 주수인은 말 못할 다른 이유가 있었다. 매년 같은 이유로 지금까지 주수인은 한 번도 전지훈련을 간 적이 없었는데, 문제는 바로 돈이었다.

"연습장 단속 잘하고. 그리고 주수인 서류……. 교무실에 있으니까 확인 한번 해봐."

"조심해서 다녀오세요."

최진태는 박 감독에게 알겠다는 대답을 하지 않는다. 아직 주수인에게 무엇을 해줄 수 있을지 최진태는 모르고 있다.

잠시 동안 분주했던 화양고등학교 주차장은 야구부를 태운 버스가 떠나자 다시 평소의 모습을 찾는다. 이제 겨울방학 동안 화양고등학교에는 최진태와 또 어딘가에서 훈련을 하고 있을 주수인만 남게 됐다.

최진태가 야외 불펜에 도착했을 때 주수인은 이미 많이 지친 상태였다. 오늘도 새벽부터 훈련을 시작해 오전부터는 아무도 쓰지 않는 야외 불펜에서 혼자 훈련을 하고 있었다. 최진태는 그저 짐작만 가지고서 주수인을 찾아냈다. 철조망에 공이 부딪치는 소리는 야외 불펜을 넘어서도 울리고 있었다. 박 감독에게 이야기는 들었지만 이런 공간이 있는 줄은 모르고 있었다. 불펜이라고 하기엔 땅도 고르지 못할뿐더러 무엇보다 학교 건물 뒤편이라 햇빛이 들지 않아 야외 운동을 하기 그리 좋은 장소는 아니었다.

공을 던진 주수인은 팔이 아픈지 인상을 쓰더니 어깨를 주무른다. 이때 최진태가 주수인에게 말을 건다.

"그렇게 오기로 던지니까 팔이 견디질 못하지."

투구를 멈춘 주수인이 최진태를 바라본다.

"이럴 거면 전지훈련을 가지 혼자 왜 이러고 있어?"

최진태의 말에 주수인은 다시금 마음이 상한다. 전지훈련을 갈 수 없어 추운 겨울 혼자 훈련을 해야 하는 원망의 화살을 최진태에게 풀어 놓는다.

"그거 다 자비로 가는 거예요. 저는 방도 혼자 써야 되고 돈도 더 내야 돼서 못 가는 거고. 혼자 왜 이러고 있냐고요? 지금 제가 할 수 있는 게 이거 말고 또 뭐가 있어요? 코치님도 프로에 가고 싶었죠? 나도 프로에 가고 싶어요. 그럼 이렇게라도 해야 할 거 아니에요!"

주수인은 그동안 쌓아왔던 말을 토해낸다. 억울하지만 누구에게도 드러낼 수 없던 말이었다. 겨울방학이 시작되면 늘 혼자

학교에 남아 얼어붙은 운동장만큼이나 차가운 소외감과 맞서 싸우며 혼자 훈련을 했었다. 주수인은 갑자기 터져 나온 말에 눈물이 고이지만 애써 울음을 삼킨다.

"그러다 나처럼 못 가면? 그냥 빨리 포기하는 게 맞을 수도 있어."

"싫어요. 저는 해보지도 않고 포기 안 해요."

주수인은 다시 바닥에 쌓여 있는 공을 집어든 후 투구를 시작한다. 예전에 비해 많이 무너져 있는 투구 동작이었다. 손과 어깨의 아픔이 고스란히 전해져 최진태도 주수인처럼 덩달아 얼굴이 찡그려진다. 최진태의 시야에 주수인의 피로 붉게 물든 공들이 들어온다. 이대로 놔두면 안 된다. 아무래도 방법은 하나뿐인 것 같다. 현실을 직시하는 것이 모두를 위한 선택이라고 최진태는 판단한다. 학교 뒤뜰에서 오기로 공을 던져봤자 아무런 소용도 없다.

"주수인. 따라와."

최진태는 돌아서서 불펜을 나간다. 주수인은 추스러지지 않은 감정으로 최진태의 뒷모습을 바라본다. 아직 최진태에게 화가 풀린 건 아니지만 지금 주수인에게는 선택권이 없었다.

◑

프로야구팀에선 2군 선수들을 대상으로 퓨처스리그를 진행하고 있다. 구단 입장에서는 선수들의 기량 발전에 큰 도움이 될 뿐만 아니라 선수들 입장에서도 자신의 기량을 뽐내 1군에 입성할 수 있는 기회여서 프로야구 세계에선 중요하게 운영되고 있는 리그이다.

최진태는 김진규를 만나기 위해 주수인과 함께 2군 선수들이 숙식과 훈련을 겸하고 있는 2군 훈련장에 와 있다. 주수인을 트라이아웃에 참가시키기 위해서이다.

건물 출입구 앞에서 최진태와 김진규는 이야기를 나누는 중이다. 건물 로비 안의 대기실에서 주수인은 이들을 바라보고 있다. 주수인은 앞에 놓인 트라이아웃 참가 지원서가 새삼 낯설게 느껴진다. 주수인이 지원한 B구단에서는 끝내 아무런 연락이 없었다. 인상을 찌푸리고 대화를 하고 있는 최진태와 김진규의 표정만 봐도 상황이 좋지 않은 것만은 분명해 보였다. B구단 때와 별다를 것 없는 분위기이다.

"너 지금 뭐하는 거야? 바쁜 사람 불러내서 지금 이게 뭐 하는 짓이냐고."

"야. 그냥 참가만 시켜달라는 거잖아. 그게 뭐가 어려워?"

"진태야. 야! 최진태! 네 눈에는 쟤가 야구 선수로 보이냐?"

김진규가 서류조차 받아주지 않을 걸 예상하지 못한 최진태는 할 말을 잃는다. 담배를 꺼내든 김진규는 최진태에게 자신은 너와 다른 부류의 사람이란 걸 다시 한번 강조한다.

"그래서 트라이아웃에 참가시키면 뭐? 어? 뭐 어쩌겠다고? 너 이거 쟤 위한 거 아니야. 정신 차려 인마!"

핏대를 세운 김진규와 혼나는 학생마냥 바닥을 보고 있는 최진태를 본 주수인은 로비를 지나 두 사람이 서 있는 출입구 앞으로 나온다. 자신 때문에 피해를 보고 있는 사람을 그냥 두고 볼 순 없었다.

"야. 저기 길 가는 사람 붙잡고 물어봐. 쟤가 야구 선수처럼 보이는지! 야. 야구가 무슨 서커스냐? 어?"

"저기요!"

별안간 들리는 주수인의 목소리에 최진태와 김진규는 출입구를 바라본다. 서 있는 주수인을 발견한 김진규는 시선을 돌리지만 애써 표정을 바꾸거나 어떤 말도 덧붙이지 않는다. 김진규는 자신의 말이 심했다는 건 알지만 당사자에게 직접 한 말은 아니기에 유감은 없다. 김진규는 남을 배려하는 부류의 사람이 아닌 건 분명했다.

헛웃음을 짓고 서 있던 주수인은 천천히 두 사람 앞으로 다가온다.

"지금 뭐라고 하셨어요?"

"야. 주수인!"

최진태의 다그침에 주수인은 이어갈 말을 멈춘다. 아무리 김진규가 잘못된 말을 했어도 상대는 주수인보다 나이가 훨씬 더 많은 어른이었다. 선을 지켜야 한다는 최진태의 눈치에 주수인은 끓어오르는 화를 억누르며 두 사람을 스쳐 지나간다.

누구를 원망하고 비난할 상황은 아니었다. 최진태는 김진규의 어깨를 두드린 후 말없이 주수인을 따라간다. 이 바닥이 원래 이렇다는 걸 몰랐던 것도 아닌데 최진태는 괜한 일을 벌였다는 후회로 마음이 더 쓰리다.

❦

다시 돌아가는 버스 안에서 두 사람은 한참 동안 말이 없다. 누구도 어떤 말을 먼저 꺼내야 할지 몰랐다. 최진태는 자신이 조금 더 세심하게 움직이지 못해 주수인에게 미안했다. 전화 한 통이면 알 수 있는 일이었다. 괜한 주수인의 마음만 더 상하게 만들어 버렸다.

버스의 요란한 엔진 소리가 조금 익숙해질 무렵 먼저 입을 뗀 건 주수인이었다. 강한 의지에 비해 자신의 감정은 잘 드러내지 않는 편이었지만 주수인은 지금 이 상황을 정리할 필요가 있다고 생각했다.

"나 여기 왜 데려왔어요?"

"트라이아웃에 참가하고 싶다며. 참가해서 현실을 알면 빨리 포기할 거 아니야."

긴 세월 악착같이 야구를 해온 사람의 솔직한 대답이었다. 최선의 선택이 항상 최고의 결과를 가져다주지 않는다는 걸 그는 알려주고 싶었다. 최진태의 담담한 말에 주수인은 움켜잡고 있던 마음을 내려놓는다. 가려고 했던 방향에서 길을 잃어버린 후에야 아이러니하게도 서로의 마음을 짐작할 수 있게 됐다.

"어릴 때 야구하러 가면요, 다른 애들은 막 빨리 어른 돼서 프로 선수가 되고 싶어 했거든요. 근데 저는 안 그랬어요."

"왜?"

"사람들이 다 저한텐 고등학생이 되면 야구를 못 한다고 했거든요. 근데 지금 와서 보면 그런 말 다 거짓말이잖아요. 내 미래를 다른 사람들이 어떻게 알아요? 나도 모르는데."

프로 지명을 못 받은 건 물론 트라이아웃 신청조차 두 번이나 거부당한 주수인은 아직 포기할 생각이 없어 보인다. 최진태는 주수인의 말에 공감한 듯 얼굴에 웃음을 보이지만 마음은 그리 편치 않다. 마운드에서 던진 공은 결국엔 포수의 글러브에 당도할 거라는 순진무구한 19살의 생각이다. 주수인은 지금 자신이 던진 공을 받아칠 타자가 수도 없이 많이 있다는 걸 모르고 있다.

"어제 감독님한테 전화 왔었어요."

"왜?"

"훈련……. 코치님한테 부탁해보랬어요. 대들지만 말고……."

이야기는 최진태의 예상과 다른 전개로 흘러갔다. 자신의 역할은 주수인을 트라이아웃에 참가시키는 것까지라고 생각했었다. 박 감독님이 자신을 그냥 놔둘리 없다는 예상은 했지만 주수인을 훈련시키라는 건 정말 생각지도 못한 일이다. 이제 어쩔 도리가 없다. 트라이아웃 참가가 불발된 지금 최진태에게는 다른 선택권이 없었다.

"내가 뭘 도와주면 되는데?"

"그걸 내가 어떻게 알아요. 알면 내가 코치 하지."

"나도 프로팀 근처에도 못 가봤다니까. 그래도 괜찮은 거야?"

"제가 대신 가줄게요. 그럼 되잖아요."

최진태는 주수인의 대답에 위로를 받는다. 지금까지 야구를 하며 자신을 위해 무언가를 해주겠다는 말을 그는 처음 들어본다. 생존을 건 경쟁에서 패배한 선수가 가슴 깊은 곳에 숨겨온 눈물이 최진태의 얼굴에 미소가 되어 비친다.

어느덧 해는 지고 창밖으로 보이는 노을은 오늘따라 유난히 더 붉게 보인다. 두 사람이 탄 버스는 그들의 목적지를 향해 달리고 있다.

⊖

가로등 불빛이 비치는 아파트 놀이터에서 주수인과 한방글이 캐치볼을 하고 있다. 파자마 차림의 한방글은 이 상황이 익숙한 듯 나름 안정된 자세로 정확하게 공을 주고받는다.

"너 하루 종일 어디 갔었냐? 연락도 안 되고."

"그냥……. 왜?"

"나 오늘 오디션 1차 서류 합격했다!"

"진짜?"

"기다려라. 내가 2차 합격 소식도 바로 이곳에서 전한다."

"한방글 유명해져서 이제 얼굴 못 보는 거 아니야? 아이돌 돼서 나 안 만나주고 그러지 마라."

"너 프로 첫 선발 때 내가 시구해준다. 어때? 괜찮지?"

"그래! 나도 내일부터 훈련 시작하기로 했어. 본격적으로."

한방글은 받은 공을 다시 던지지 않는다. 본격적인 훈련을 시작한다는 말에 주수인의 손을 점령한 상처가 생각나 마음이 쓰인다. 다만 오랜만에 웃고 있는 주수인의 얼굴을 보니 조금은 걱정이 사그라진다. 주수인이라면 잘 해낼 수 있을 거란 믿음이 있다. 한방글의 얼굴에도 미소가 반짝이기 시작한다.

같은 시간, 최진태는 아직도 퇴근을 못 하고 있다. 홀로 교무실에 남아 박 감독의 조언대로 주수인의 서류를 살펴보는 중이다. 주수인의 3년 동안 모든 기록이 적힌 서류는 엇갈린 숫자들로 점철되어 있다. 평균보다 빠른 회전율과 평균보다 느린 구속이 최진태가 가려는 길을 가로막는다.

야구 경기에서 날아가는 공은 언제나 불확실성을 띠고 있지만 그 목적만은 확실하다. 최진태는 앞만 보며 달려가는 주수인이라는 직구를 어느 방향으로 보내야 할지 고민에 빠진다.

☉

주수인과 최진태가 한낮의 교정을 걷는다. 겨울방학과 주말이 겹쳐 학교엔 두 사람 외엔 다른 사람은 보이지 않는다. 실내 연습장으로 가는 길에 놓인 빼곡한 나무들 사이에서 평상시라면 들리지 않을 새들 노랫소리가 가볍게 들리기도 한다. 게다가 날씨까지 좋아 두 사람은 걸음도 가볍게 느껴진다.

최진태는 밤새 잠을 이루지 못했다. 여러 가지 경우의 수와 자신의 경험을 더해 결론을 내리기까지 그리 오랜 시간이 걸리진 않았다. 하지만 책임감이라는 무거운 중력이 그를 잠에서 멀어지게 했었다. 그런데 정작 당사자인 주수인은 그리 큰 걱정을 하지 않고 있다. 어차피 자신이 해야 할 일은 정해져 있기 때문이다. 최진태의 지도를 받아 최선을 다하는 것. 그것뿐이다.

"고등학교 단거리 선수랑 올림픽 메달리스트인 마라톤 선수가 100m 대결을 하면 누가 이길 것 같아?"

"음……. 고등학생 단거리 선수?"

"그러면 그 시합에서 진 마라톤 선수가 1년간 매일 하루 12시간씩 100m 연습을 한 후에 다시 재대결을 하면 그때는?"

"글쎄요……."

"당연히 그때도 고등학생 단거리 선수가 이겨."

"왜요?"

"마라톤 선수 장점은 스피드보다 오래 달릴 수 있는 지구력이잖아. 반대로 말하면 순간적으로 스피드를 내는 건 그 사람한테는 단점이지."

"단점?"

"단점은 절대 보완되지 않거든. 단점을 보완하려면 장점을 키워야 돼."

"장점?"

은퇴 후 선수 생활을 돌이켜 봤을 때, 최진태는 단 한 가지를 후회했다. 오랜 시간 동안 최진태는 자신의 장점을 살리는 쪽보다 단점을 보완하기 위한 훈련을 했었다. 당시 최진태의 단점은 지난번 김진규가 말했듯 느린 구속이었다.

"넌 장점이 뭐냐?"

최진태의 물음에 답하기 위해 주수인은 실내 연습장 스피드건 앞에 서 있다. 포수 글러브를 장착한 최진태에게 주수인은 와인드업과 함께 있는 힘을 다해 자신의 주력인 직구를 던진다.

125km.

스피드건의 숫자를 본 최진태가 자리에서 일어난다.

"이게 장점이야? 아닌 거 같은데?"

"그래도 원하는 곳에 넣을 순 있어요."

"제구력? 음······."

"다른 건 모르겠는데······. 구속은 더 이상 안 올라가요."

주수인은 그동안 아무에게도 하지 않았던 이야기를 털어놓는다. 가장 깊은 곳에 숨겨 둔 자신의 약점이었다. 최진태도 주수인의 말이 무엇을 의미하는지 알고 있다. 그 역시 주수인과 비슷한 나이 때 자신의 한계를 알게 됐지만 그땐 그걸 인정하지 못했었다.

최진태는 주수인 곁으로 다가가 체력 훈련 때 쓰이는 매트 위에 앉는다.

"주수인. 앉아봐."

최진태의 부름에 주수인 역시 그의 옆에 나란히 앉아 자리를 잡는다. 아직 본격적인 훈련을 하기 전이지만 나란히 앉아 있는 두 사람은 어느덧 동질감을 공유한 동료 같아 보인다.

"한국 프로야구 투수 평균 구속이 142km거든."

"알아요."

"그리고 그 공의 평균 회전율은 36.62고. 네 구속은 130km 초반이면서 공 회전율은 38.74야. 그러니까 구속은 평균보다 10km 이상 느린데 회전은 0.12나 더 많이 하는 거라고."

회전율? 주수인은 최진태를 쳐다본다. 이 사람이 지금 무슨 이야기를 하려는 건지 주수인은 아직까지 잘 이해가 되지 않는다.

"그래서요?"

"너클볼 알지?"

"네."

"네 장점은 회전율이 높은 공을 가졌다는 거야. 그걸 이용해서 회전율이 높은 공들 사이에 너클 같은 무회전 구질을 섞어서 타자의 타이밍이나 밸런스를 무너뜨리는 거지."

너클볼은 공을 손톱으로 찍어 회전 없이 던지는 구질이다. 회전하지 않는 야구공은 실밥이 공기저항을 받아 방향을 예측할 수 없게 움직인다. 방향을 예측할 수 없는 건 타자뿐 아니라 투수도 마찬가지다. 내가 던지는 공을 원하는 위치로 정확하게 넣는 제구가 불가능하기에 투수나 코치진에서 그다지 선호하지 않는 구질 중 하나이다.

그런데 한 가지 의문이 생긴다. 최진태는 조금 전까지 장점을 살려야 한다고 했는데, 높은 회전율이 장점이라면서 왜 무회전 구질을 연습하라는 건지 주수인은 이해가 안 된다.

"너클볼은 부상당한 선수들이나 던지는 거잖아요."

"그럼 다른 선수들처럼 속도나 힘으로 이길 수 있어? 일본 독립리그 여자 선수 중에 요시다에리라고 알지? 그 선수 별명이 너클공주야."

"그래봤자 결국 더 빠른 사람이 이길 건데……."

최진태의 대답에 해답이 있다. 주수인의 공은 회전율이 좋지만 문제는 평균 이하의 구속이었다. 회전율을 이용해 커브나 슬라이더, 싱커 같은 변화구를 극대화시키는 것도 방법이 되겠지만 그것도 평균을 아우르는 구속이어야 가능한 카드였다.

최진태는 투수가 아닌, 주수인을 상대하는 타자가 되어 생각해봤다. 회전율이 좋은 직구와 커브만 상대하면 타자는 그 공에 금방 익숙해져 주수인의 회전율은 그다지 장점이 되지 못한다. 반면 너클볼같은 무회전 구질 속에서 변칙적으로 회전율이 좋은 직구를 섞어 준다면 타자들은 주수인의 직구가 엄청나게 빠르게 느껴져 타격 타이밍을 잡기가 어려울 것이다. 장점을 살리려면 그것을 갈고 닦는 방법도 있지만 변칙을 이용해 기존의 장점을 더 극대화시키는 것도 방법 중 하나라고 최진태는 생각했다.

"아닌데. 이거 그렇게 쉬운 운동 아니야. 빠른 게 중요한 게 아니라 네가 던진 공을 타자가 못 치게 만드는 게 중요한 거야."

"그래도 너클볼 투수……. 드래프트나 트라이아웃에 한 번도 선발된 적 없어요. 아세요?"

"네가 처음 선발되면 되잖아."

굳어 있던 주수인의 얼굴이 조금씩 풀린다. 자리에서 먼저 일어난 최진태가 앉아 있는 주수인을 향해 손을 뻗는다. 이때 주수인의 입에서 생각지도 않은 엉뚱한 대답이 튀어나온다.

"근데 저……. 공주는 싫은데……."

무방비 상태에서 최진태의 웃음이 터진다. 주수인은 앙다문 입술로 의지를 보여주며 최진태의 손을 잡고 일어선다. 주수인과 최진태의 '너클볼 프로젝트'가 시작됐다.

천재라고 불렸던 소녀의 미래가 결정되기까지 이제 그리 많은 시간이 남지 않았다. 잔인하게도 지금이 마지막 기회일지 모른다.

ⓘ

손끝의 회전을 통해 던지는 다른 구종과 달리 너클볼은 손가락 끝으로 움켜잡은 공을 밀어내듯 던지는 구질이다. 움켜잡고 있던 손가락의 관절을 이용해 팔의 회전과 함께 공을 밀어낸다. 이렇게 날아가는 공은 바람의 영향을 받아 어디로 갈지 예측할 수 없이 무작위로 움직이게 된다. 구속 또한 상당히 느려 대부분 110km대를 오르내리는데, 아이러니한 건 너무 빠른 구속으로 던지면 바람의 영향을 덜 받게 돼 위력이 많이 떨어지게 된다.

다른 구질과는 던지는 방법부터가 다르니 주수인은 야구를 처음 배울 때처럼 기초부터 연습해야 했다. 가족들과 밥을 먹을 때도, 한방글과 무용학원에 있을 때도, 화장실 라커룸에서 옷을 갈아입을 때도 주수인은 손가락 끝으로 공을 움켜잡고 밀어내는 연습을 한다. 손가락에 난 물집과 상처가 아물 새도 없이 주수인과 최진태는 연습을 이어나간다.

덕분에 하루하루 훈련 일지는 착실히 쌓여가고 있었다. 시간이 지나 어느덧 전 학년을 대상으로 겨울방학 보충수업이 진행되는 시기가 됐다. 대상이 전 학년이라곤 하지만 수능을 치른 고3들은 제외가 됐다. 다만 고3들 중 취업을 나가거나 체육활동 등으로 수업 일수가 모자란 학생들은 학교에 나와 수업을 들어야 했다.

이정호 역시 학년 초 발목 부상으로 인해 수업 일수가 며칠 모자라 오랜만에 교복을 입고 교실 한 귀퉁이를 지키고 있었다. 장난치는 아이들 소리와 슬그머니 들어오는 한기에 쪽잠을 자던 이정호는 원치 않는 기상을 한다. 프로 입단이 결정된 지금, 이정호는 평소보다 긴장이 많이 풀어져 있는 상태였다. 늘

어지는 하품은 그가 어떤 태도로 겨울을 맞고 있는지를 말해주고 있었다.

이정호는 기지개를 피며 반쯤 열려 있는 창문을 닫는다. 그런데 갑자기 뜨거운 입김을 내뿜으며 운동장을 달리는 사람이 눈에 들어온다. 운동장에는 모래주머니를 찬 주수인이 달리고 있다. 거친 호흡과 함께 땅을 박차며 달리는 주수인은 조금씩 더 속도를 높여 전력으로 질주한다.

졸음은 사라지고 눈동자는 커진다. 이정호의 눈은 어느덧 주수인을 쫓고 있다.

🎾

"수인아! 여기 있어?"

화장실 라커룸에 손님이 찾아온다. 주수인을 부르는 목소리가 어디서 들은 듯 익숙하다. 마침 훈련을 끝낸 후 옷을 갈아입고 있던 주수인이 라커룸 문을 열자 앞에 일본어 교사, 김 선생이 서 있다. 김 선생은 인사하는 주수인을 옆에 두고 신기한 구경이라도 하듯 라커룸 안으로 몸을 밀어 넣는다.

"아. 이렇게 쓰고 있구나. 많이 불편하겠다."

"아……. 아니에요. 근데 어쩐 일로 오셨어요?"

"너 오늘 훈련 끝났지? 혹시 시간 좀 있어?"

"네. 그런데 왜요?"

"아, 네가 만나 봤으면 하는 사람들이 있어서. 너 혹시 피자 좋아해?"

주수인의 머리 위로 물음표가 뜬다. 대뜸 찾아와 갑자기 피자라니. 김 선생은 아무래도 좀 특이한 사람 같다.

이유야 어찌 됐든 주수인은 김 선생을 뒤 따르며 피자 먹을 생각에 마음이 들뜬다. 오늘 하루 엄마가 가져온 구내식당 반찬을 안 먹어도 된다는 것에 크게 만족한다. 그런데, 피자는 왜 사주는 걸까?

걷는 내내 고민하던 주수인의 의문은 금세 해결된다. 피자 5판을 들고 두 사람이 찾아간 곳은 여자야구 국가대표 라커룸이다.

여자야구 국가대표팀은 아직까진 전용 연습 구장이 없는 상태라 기업에서 경기장을 후원받아 사용하고 있는 상태이다. 라커룸 상태는 다행히 새것으로 보이나 이 역시 잠시 빌려 쓰는 곳이다 보니 선수들의 생활감이 묻어 있지 않아 왠지 모를 어색함이 느껴지는 공간이다.

국가대표 선수들은 주수인이 온 것이 믿기지 않은 듯 다들 얼어붙어 있다. 여자야구 선수들 사이에서 주수인은 이미 유명인사였다. 그리고 어떤 이들에겐 선망의 대상이었다. 여자야구 선수들의 평균 직구 구속이 100km 초반인 것에 비하면 주수인의 130km 직구는 여자야구 세계에서는 감히 넘볼 수 없는 숫자였다.

선수 중 한 명이 주수인에게 다가와 팔을 만져보며 감탄을 숨기지 못한다. 여자야구 선수 입장에서 봤을 때 주수인의 몸은 재능, 바로 그 자체였다. 주수인이 화양고등학교 야구부에 있을 때는 주변 선수들과의 체격 차이에 그저 작은 소녀로 보이지만 화양고등학교 야구부를 벗어나 주수인을 바라보면 보통의 여자 고등학생들과는 다른 단단함이 있었다.

"수인이가 이번에 프로야구 트라이아웃에 참가하거든."

"프로야구요?"

김 선생이 예상했듯 선수들도 프로야구라는 단어에 입을 다물지 못한다. 그럼 이제 프로야구 선수가 되는 거냐, 가서 본 때를 보여줘야 한다는 말이 여기저기서 튀어나온다. 이를 재미있게 지켜보는 김 선생과 다르게 주수인은 많이 부끄럽다.

"아……. 근데 국가대표면 다들 선수 출신이세요?"

주수인의 물음에 시끌벅적 하던 라커룸이 순식간에 조용해진다. 여자야구 국가대표 선수들은 주수인이 말하는 '선수'라는 의미를 깊게 생각해보지 않았다. 이들에게 야구는 신나고, 즐겁고, 행복한 운동 그 이상도 그 이하도 아니었다.

"선수?"

"언니는 아줌마지! 이 아줌마 애 낳고 우울증 와서 사람들이랑 어울리려고 운동하는 거예요."

"나는 뭐야? 헬스트레이너는 운동선수예요?"

다들 시끌벅적하게 자신의 이야기를 나눈다. 웃고 떠들고 서로를 위하는 모습에 주수인도 덩달아 기분이 좋아진다. 흔히 엘리트 과정을 거친 선수들은 운동을 하면서 경쟁에 대한 압박감에 웃음을 지을 여유가 없다. 지금까지 이렇게 즐겁게 야구를 하는 사람들을 주수인은 본 적이 없었다.

선수라는 말을 둘러싸고 농담이 이어지다 구석에 앉은 키가 큰 선수 한 명이 "저기 저요!" 하며 손을 든다. 사람들이 시선이 쏠리자 키 큰 선수는 눈치를 보다 이야기를 시작한다.

"저는 운동선수 맞아요. 저는 초등학교 때까지 리틀야구팀에서 야구하다가 중학교 때부터 받아주는 팀이 없어서 성인 될 때까지 소프트볼 선수로 뛰었거든요. 그러다가 야구를 하고 싶어서 이렇게 다시 시작했어요."

어떻게 보면 주수인이 지금까지 야구를 계속할 수 있었던 건 다른 것보다 운이 따라줬기 때문에 가능한 일이었다. 실력이 있다고 해서 모든 여자 선수들이 고등학교 야구부에 진학할 수 있는 건 아니었다. 이런 문제를 해결하기 위해선 주수인 같은 선수가 많이 배출되어야만 했다. 그래야만 벽을 깨고 변화를 꿈꿀 수 있기 때문이었다.

"자 자. 그런 건 조금 있다가 다시 이야기하고 일단 먹자. 사 온 거 다 식겠다."

"그래 일단 먹자!"

가라앉은 분위기가 다시 살아난다. 선수들은 서로에게 피자를 건네며 다시 즐겁게 이야기를 나눈다. 이렇게 많은 여자야구 선수가 있다니, 주수인은 새삼 신기하다. 별생각 없이 왔지만 따라오길 잘한 것 같다. 선수들은 피자를 먹으며 오늘 있었던 훈련에 대한 후일담을 나눈다. 대부분 실수에 대한 이야기이지만 서로를 나무라기보단 웃음으로 상황을 즐겁고 유쾌하게 묘사한다. 주수인은 즐거운 야구를 알려준 김 선생에게 감사의 미소를 보낸다.

◎

한바탕 소동이 지나간 후 주수인과 김 선생은 버스 정류장에 나란히 앉아 있다. 여자야구 국가대표 훈련장이 인적이 드문 곳에 위치해 있어 버스가 오기까지 아직 시간이 좀 남았다.

김 선생은 주수인이 웃는 모습을 오늘 처음 봤다. 훈련 중에도, 경기를 뛸 때도, 심지어 인터뷰를 할 때도 주수인은 단 한 번도 미소를 보인 적이 없었다. 항상 긴장되고 굳어 있는 얼굴로 야구에 임하고 있었다. 김 선생은 자신의 노력이 주수인의 힘든 싸움에 작은 도움이라도 된 것 같아 마음이 놓였다.

"봤지? 너 하나만 있는 거 아니야."

"아! 맞아! 쌤도 국가대표라면서요?"

"나? 난 저 팀 감독인데."

"네? 진짜요?"

"그러니까 도움 필요하면 언제든지 말해. 너를 국가대표로 영입하는 것도 좋지만 프로구단으로 보내는 게 우리한텐 더 중요하니까."

김 선생은 사실 남자들과 야구를 하는 주수인을 이해하지 못했다. 모든 면에서 현실성 없는 불리한 싸움이었다. 또한 여자 야구 활성화를 위해서도 주수인의 행동은 그다지 도움이 되지 않는다고 생각했었다. 여자야구는 야구를 하는 것 자체가 목표인데 힘든 싸움을 하는 주수인의 모습은 오히려 야구를 하려는 여성들의 진입 장벽을 더 높이는 것처럼 느껴졌다.

김 선생은 여자야구 활성화를 위해 많은 노력을 한 인물이었다. 어려운 환경에서 인프라를 구축하고 연맹과 손잡아 국가대표도 만들었다. 하지만 대기업의 선심성 후원이 없으면 아무것도 할 수 없는 열악한 재정이었다. 국가대표라고 하지만 야구를 전문적으로 교육받은 선수는 한 명도 없어 국제 대회가 열려도 크게 성과를 내기가 어려운 상황이었다. 그러던 어느 날 고교야구리그에 선발 등판한 주수인을 본 후 김 선생은 지금까지 자신이 잘못 생각하고 있었다는 걸 깨달았다. 주수인을 응원하는 사람들을 보며, 지금까지 자신이 해온 것보다 더 많은 걸 주수인이 이뤄내고 있다는 것을 알게 됐다.

"나도 어릴 땐 프로야구 선수 되고 싶었다."

"진짜요?"

"응. 근데 우리 때만 해도 여자가 야구한다는 말은 하지도 못했었어."

"왜요?"

"그냥……. 그땐 여자 선수도 없었고……. 근데 어디서 봤더라? 암튼 일본에서는 여자도 야구를 한다는 거야. 그래서 일본에 가려고 무식하게 일본어 공부만 했잖아. 정작 야구 연습은 안 하고."

"야구보다 일본어가 더 좋았던 건 아니에요?"

"그런가? 하긴 하고 싶긴 해도 내가 프로야구 선수가 된다는 건 꿈도 못 꿨으니까. 근데……. 어쩌면 너는 가능할지도 모른다는 생각이 들어."

김 선생은 주수인을 통해 자신의 과거를 되돌아본다. 어린 시절 그녀는 세상의 편견을 그저 묵묵히 받아들일 뿐 지금의 주수인처럼 맞서 싸울 생각은 하지 못했다. 시절을 탓하며 웃어넘길 수도 있지만 후회가 남는 건 어쩔 수 없다. 모쪼록 주수인이 자신과 같은 한 시대의 피해자가 되지 않길 바란다. 저 싸움에서 이기기를 바란다.

마침 두 사람이 타고 갈 버스가 온다는 안내 방송이 들린다. 자리에서 먼저 일어난 주수인의 뒷모습을 김 선생은 말없이 바라본다.

㉢

샤워를 마치고 나온 주수인은 책으로 엉망이 된 거실과 마주한다. 집으로 돌아왔을 때 아빠는 분주하게 무언가를 준비하고 있더니 공부해 왔던 문제집을 어느새 모두 꺼내 상자에 담고 있었다. 책 먼지가 날리고 거실은 발 디딜 틈도 없이 엉망이 되어 있다. 그동안 집에 이렇게 많은 문제집이 있었다는 게 신기할 따름이다.

"아빠 뭐 해?"

"이제 필요 없어서 다 정리해 놓으려고."

"왜? 아빠 이제 공부 안 해?"

"아빠 내일 무조건 합격할 거니까 이제 필요 없어."

"그러다 또 떨어지면 어떡해? 아빠 맨날 떨어지잖아."

"이번엔 진짜 합격할 거야! 걱정 마! 우리 딸 아빠 믿지?"

"응. 믿어."

주귀남은 박스에 테이프까지 붙여가며 열심히 문제집을 정리한다. 정말 한 권도 남기지 않고 전부 버릴 생각인가 보다. 어릴 적 주수인은 아빠가 정말 싫었다. 쓸데없는 허세와 과한 낙천주의는 가족 모두를 가난으로 밀어 넣었다. 부유한 환경에서 운동하는 친구를 보며 주수인은 아빠를 원망하기도 했다. 그러다 고등학교에 들어와 다른 선수들과의 신체적 한계를 느끼면서 주수인은 자연스레 아빠를 이해하기 시작했다. 아빠 역시 자신이 할 수 있는 선에서 최선을 다하는 사람이란 걸 그제야 알게 됐다. 엄마 말을 안 듣는 고집 말고는 닮은 구석이라곤 하나도 없는 줄 알았던 아빠가 어쩌면 자신과 많이 닮았다는 생각이 들었다.

"그런데…… 아빠도 나 믿어?"

"당연히 믿지! 세상에서 제일 소중한 딸인데."

주수인은 일어나 방으로 들어간다. 벌써 겨울방학은 절반이
나 지나가고 있었다. 천재 야구소녀에겐 내일도 훈련이 기다리
고 있다.

5

가볍게 달리는 주수인과 달리 코치 최진태는 아침마다 죽을 맛이다. 매일 아침 힘들어하는 주수인의 페이스메이커가 되어 주려 했지만 40대의 몸은 생각처럼 움직이지 않는다. 페이스메이커는커녕 날이 갈수록 오히려 방해만 되고 있었다. 주수인은 오늘도 최진태와 격차를 벌려 앞질러 나가기 시작한다.

매일 주수인에게 뒤처지지 않기 위해 힘겨운 달리기를 하고 있는 최진태 옆으로 이정호가 따라와 붙는다. 이정호는 달리는 주수인의 눈치를 보는 것 같다.

"야. 너 여기 왜 왔어? 혹시 너 쟤 좋아하냐?"

"연습하러 왔잖아요. 아이 씨. 방해하지 마세요!"

"야! 내가 무슨 방해를 해 인마!"

"다요 다! 아이 씨!"

이정호는 속도를 높여 최진태를 가볍게 따돌린 후 주수인에게 따라붙는다. 자신을 앞질러 나가는 이정호를 본 최진태는 더 이상 의미 없는 달리기를 그만둔다. 그래도 두 바퀴는 같이 달렸다. 오늘은 이 정도에 만족한다.

난데없이 나타난 이정호를 보고도 주수인은 당황하지 않는다. 조금 더 속도를 높여 이정호가 바로 옆으로 따라붙자 주수인은 그를 무시하듯 앞으로 치고 나가버린다. 주수인의 반응에 이정호는 당황한다. 주수인을 따라가보려고 안간힘을 쓰지만 속도 차이를 좁힐 수 없다. 여전히 이정호에게 앙금이 남아 있는 듯 보인다.

달리기를 끝낸 후 쉴 틈도 없이 투구 훈련이 시작된다. 마운드에 선 주수인과 그 옆으로 주수인을 찍고 있는 최진태, 그리고 한쪽 구석에서 이를 지켜보는 이정호와 포수 장비를 착용한 후 홈베이스에 앉아 있는 김 선생이 보인다. 그동안 연습하고 갈고 닦은 너클볼을 마운드에서 처음으로 던져보는 자리이다. 비장한 눈빛을 장착한 주수인은 자세를 가다듬은 후 김 선생을 향해 공을 던진다.

주수인의 손을 떠난 무회전 공은 사람들의 기대와 달리 포수 머리 위로 멀리 날아가 버린다. 날씨는 춥고 익숙한 구질도 아닌데다 피곤한 몸까지, 삼박자를 다 갖추고 있다고 하지만 그렇다 하더라도 날아간 공의 위치가 너무 엉뚱하다.

자리에서 일어난 김 선생은 마스크를 벗는다. 작은 체구에 포수 장비를 장착한 모습이 나름 귀엽게 어울린다.

"아니 꼭 이렇게 던져야 돼요? 주수인하면 강속군데! 그걸 왜 안 던지는 거예요?"

김 선생이 답답한 주수인을 대변한답시고 날카로운 목소리를 낸다. 꾸중 아닌 꾸중을 들은 최진태가 주수인에게 다가간다. 주수인 역시 하늘로 날아가는 요상한 투구 앞에서 더 이상 비장할 필요가 없어졌다.

"잘 안돼요. 어려워요."

"손이 작아서 그래. 공 감싸는 폭이 좁아서 손가락으로 밀지 못하니까 공에 어설프게 회전이 들어가잖아. 넌 지금까지 남자들이랑 똑같이 하려고 강하고 빠르게만 던지려고 했어. 그런데 너클볼은 그러면 안 돼. 어깨 힘 빼고 부드럽게 던지는 거야. 네가 그랬잖아. 부상한 선수나 던지는 거라고."

최진태의 말에 주수인은 심기일전하는 마음으로 구부정한 몸을 반듯하게 일으켜 세운다. 상심하고 있을 시간이 없다. 실망하긴 일러도 한참 이르다. 아직 갈 길이 너무 많이 남았다.

"그럼 손은요? 손이 작다면서요."

"손톱 사용하는 걸 연습해야지. 여기 공의 활주로 부분을 손톱으로 찍어서 미는 거야. 알았지?"

최진태는 야구공에서 실밥이 둥글게 모이는 부분을 가리킨다.

주수인은 활주로 부분을 손톱으로 눌러 너클볼을 던질 때의 손 모양으로 만들어 본다.

주수인이 자세를 잡자 김 선생도 다시 자리에 앉는다. 마음에 들지는 않지만 자신이 관여할 부분이 아니었다. 또 어찌 됐든 최진태는 자신보다 야구 경험으로는 한 수 위에 있는 사람이다. 그저 믿고 맡기는 수밖에 없다.

주수인은 최 코치의 말대로 손톱에 힘을 주어 공을 찍어 누른다. 자세를 가다듬으며 내뱉는 호흡에 긴장이 묻어 있다. 직구를 던진 때와 같은 폼을 유지한 주수인은 왼발로 땅을 차며 2구를 던진다.

주수인의 2구는 조금 전과 다르게 이번엔 정확히 김 선생의 글러브에 꽂힌다. 영화 속 UFO처럼 공중에서 부유하듯 움직이는 공이 제법 너클볼 같다.

"놀래라. 뭐야 이거? 공이 어떻게 이렇게 움직여? 나 못 받을 뻔했어!"

"어때요? 아까보다 좋아졌다! 그죠?"

주수인은 자랑이라도 하듯 최진태를 향해 소리친다. 하지만 최진태의 표정을 그리 밝지 않다. 최진태는 잠시 생각을 하는가 싶더니 벤치에 앉아 있는 이정호를 바라본다.

"야. 이정호."

"또 왜요."

"그러고 있지 말고 저기 가서 서봐. 왔으면 뭐라도 해야지."

최진태의 말에 이정호는 쭈뼛대며 자리에서 일어난다. 갑작스런 이정호의 등장에 화가 나는 건 어김없이 주수인이다. 눈치를 보는 이정호나 이정호가 등장할 때마다 눈을 부릅뜨는 주수인이나 최진태의 눈에는 그저 쓸데없는 감정싸움일 뿐이었다.

"뭐하는 거예요?"

"네가 어떠냐고 물어봤잖아. 이정호 정도는 삼진으로 잡아야지. 대신 너클만 던지는 거야. 알았지? 야! 이정호! 넌 거기 배트 잡고 타석에 서!"

이정호는 주수인의 반응을 살피며 타석으로 들어와 들고 있는 배트로 신발을 한 번씩 툭툭 턴다. 이정호가 타석에 설 때마다 해왔던 루틴이다. 주수인의 화가 난 반달눈이 금세 사라진다. 저 녀석, 진심으로 맞설 생각이다.

자세를 잡은 이정호는 꽤나 위협적으로 보인다. 주수인의 예상처럼 그는 주수인을 진심으로 상대해줄 생각이다. 어쭙잖은 사과보다는 최선을 다해 맞서주는 게 주수인을 돕는 거라고 이정호는 생각한다.

조금 전 성공했던 너클볼 감각을 떠올리며 주수인은 다시 한 번 손톱으로 공을 움켜잡는다.

팔의 스윙은 빠르지만 가볍게. 힘보다는 스피드로.

주문을 외듯 던진 주수인의 공이 포수의 글러브를 향해 날아간다.

날아오는 공을 본 이정호는 망설임 없이 배트를 앞으로 쭉 뻗어 크게 휘두른다. '탁' 하는 소리와 함께 날아간 공은 지난번처럼 2루를 가로질러 운동장 담장까지 넘어가 버린다. 홀가분하게 떨어지는 이정호의 배트에 비해 공을 따라 넘어간 주수인의 시선은 무겁기만 하다.

이번엔 주수인이 일방적으로 불리한 게임이었음에도 최진태와 김 선생은 말을 아낀다. 그래도 낙담할 수준은 아니다. 아직 완성이 되지 않았을 뿐이다.

⊜

야구부 사무실 테이블에 자장면과 탕수육이 놓여 있지만 시무룩한 주수인은 음식과는 멀리 떨어져 있다. 아직 미련이라도 남은 듯 소파에 앉아 손에 들린 야구공으로 너클볼 그립을 연습하고 있다.

아무렇지도 않은 듯 음식을 세팅하는 최진태에 비해 이정호는 아무래도 자리가 불편하다. 이렇게 좁은 공간에 주수인과 계속 같이 있게 될 줄은 몰랐다. 주수인을 위해 최선을 다했지만 계속 신경이 쓰이는 건 어쩔 수 없다. 그때 마침 야구부 사무실 문이 열리고 김 선생이 나타난다. 편한 옷으로 갈아입어 조금 전과는 전혀 다른 모습이다.

"그럼 저는 먼저 가보겠습니다."

"아니 좀 드시고 가시죠."

"아니에요. 저희도 내일 시합이 있어서, 그러려면 빨리 가서 다음 학기 수업 계획서랑 기말 보고서 제출해 놔야 되거든요. 하려면 또 밤새야 돼서."

"아. 죄송해요. 그것도 모르고……."

"아. 아니에요! 제가 좋아서 하는 거예요. 식사 맛있게 하세요!"

사무실을 나가려던 김 선생은 걸음을 멈춘다. 아무래도 멀찌 감치 앉아 있는 주수인이 마음에 걸린다.

"주수인! 파이팅!"

김 선생은 주수인을 향해 있는 힘껏 웃어 보인다. 위로 대신 던진 응원의 한마디는 패배감으로 검게 그을려 있던 주수인의 마음을 다시 깨끗하게 닦아준다.

공을 잡고 있던 주수인의 손에 주먹이 쥐어진다. 너클볼이 몸에 많이 익숙해졌다고 생각했지만 아직 부족한 게 많았다. 이정호와의 대결은 프로와의 간격을 깨닫게 해주는 계기가 됐다. 이럴 시간이 없다. 연습을 더 해야 한다.

김 선생이 나간 후 주수인 역시 밖으로 뛰쳐나간다. 놀란 이정호가 벌떡 자리에서 일어나지만 최진태가 그를 붙잡는다. 최진태도 걱정되는 건 마찬가지지만 때론 침착하게 지켜봐 줄 필요도 있었다.

"야 이정호! 빨리 먹어."

이정호를 나무라면서도 최진태 역시 주수인이 나간 자리를 바라본다. 밥이라도 먹였어야 했는데. 태연한 척하지만 걱정이 되는 건 어쩔 수 없었다.

야외 불펜에서 연습을 이어가는 주수인을 두고 최진태와 이정호는 학교를 나선다. 어느덧 해는 지고 밤의 찬 기운이 두 사람에게 다가오기 시작한다. 두 사람은 주수인만 두고 와서 마음이 쓰이는지 잠시 말이 없다. 차가운 바람에 최진태와 이정호의 몸도 함께 떨린다.

하루 종일 티격태격했지만 그래도 이정호가 많은 도움이 되어줬다. 오늘 최진태는 주수인을 도와주는 사람들이 있어 안고 있던 불안감을 조금은 덜어낼 수 있었다. 야구를 해오며 그가 누군가에게 고마운 감정을 느낀 건 이번이 처음이었다.

"그럼 리틀 야구 때부터 같이한 거야?"

"네."

"그때도 여자애는 주수인밖에 없었겠네?"

"네. 그래서 애들이 주수인을 굉장히 싫어했어요. 많이 괴롭히기도 했고."

"왜?"

"아침부터 여자 보면 재수 없다고 감독님이 싫어하셨어요. 그래도 대놓고 그만두라고 할 순 없어서 먼저 포기하게 만들려고 단체 훈련을 엄청 시켰거든요. 그런데 정작 주수인은 안 그만두고……. 그래서 애들도 뭐……. 암튼 좀 그랬어요."

"너는 어땠는데? 너도 주수인 싫어하고 괴롭혔어?"

"저는 그때 키도 작고 완전 약골이라서 주수인 반도 못 따라갔어요. 저 사실 고등학교 들어가서는 야구도 안 하려고 했거든요. 재능도 별로 없는 것 같고……. 근데 주수인도 같이 오고……. 또 지는 건 싫으니까. 그래서 열심히 한 거예요."

학교 앞 상점에 불이 켜진다. 최진태는 가로등 불빛을 받으며 홀로 고군분투하는 주수인이 떠올라 걸음이 잘 떼어지지 않는다.

⊙

요령 없이 손톱을 무리하게 사용해서인지 끝이 벌어지고 피가 났다. 덜덜 떨리는 손은 치료를 방해하고 피곤함은 졸음을 가져왔다. 주수인은 짧은 단잠에 빠진다. 추위가 그녀를 깨우지 않았다면 얼마나 더 잠을 잤을지 모른다. 주수인은 눈만 깜빡였다고 생각했는데 시간은 벌써 저녁 11시를 지나고 있었다.

주수인은 평상시보다 늦은 시간 동네에 돌아온다. 주머니에 감춰놓은 손이 쓰라렸지만 괜히 가족들이 보게 되면 잔소리만 더 듣게 될 게 뻔해 태연함을 유지하려고 애를 쓰고 있었다. 오늘 따라 집으로 걸어가는 오르막이 더 힘겹게 느껴진다. 주수인은 이 동네에 19년째 살고 있지만 이 오르막은 여전히 적응이 안 된다.

주수인의 집은 마을버스가 종점으로 서는 오르막길 끝에 위치하고 있다. 일자로 쭉 뻗은 길을 따라 끝까지 올라가면 서울의 전경과 함께 다닥다닥 붙어 있는 다세대주택들이 기묘한 느낌을 줘 사진을 찍는 사람들에게는 나름 명소로 알려진 동네이기도 했다. 동네 사람들 대부분은 너무 가파른 경사 때문에 자동차나 마을버스를 이용해서 큰길까지 이동을 했지만 주수인은 한 번도 차를 타고 이 길을 오르내린 적이 없었다. 다른 곳에 비해 하체 근육이 부족했던 주수인은 집으로 오가는 순간에도 훈련을 하고 있었다.

주수인이 경찰차를 발견한 건 오르막을 다 오른 후였다. 붉고 파란 불빛이 아스팔트를 비추고 있었다. 고개를 들자 파자마를 입은 사람하며, 뭔가 큰 구경이라도 난 듯 동네 주민들이 웅성이고 있었다. 주수인은 갑자기 불길한 예감이 든다. 사람들이 모여 있는 곳이 하필이면 자신의 집 앞이다.

마침 한방글이 달려와 주수인 앞에 선다. 조금 전까지 잠에 취해 있던 주수인은 이게 지금 무슨 일인지 어리둥절하기만 하다.

"뭐야? 우리 집이야?"

"나…… 나도 잘 모르겠어. 방금 왔는데……"

한방글은 잔뜩 겁에 질려 있다. 아무래도 무슨 일이 일어난 게 분명하다. 주수인이 구경하고 있는 사람들을 밀치고 앞으로 나서자 수갑을 찬 주귀남이 대문에서 경찰들 손에 끌려 나오고 있다. 사람들의 웅성임은 더 커지고 주귀남은 고개를 들지 못한 채 주수인 옆을 지나간다.

"아빠……"

주수인은 경찰차에 태워지는 아빠를 멍하니 바라본다. 갑자기 일어나는 일에 어떻게 대응해야 할지, 무슨 말을 해야 할지 떠오르지 않는다. 활짝 열린 현관문에선 옷도 제대로 갖춰 입지 못한 신해숙이 뛰쳐나온다. 신해숙은 들고 있던 신발을 다급하게 신다 넘어지기까지 한다.

"엄마. 무슨 일이야?"

"넌 동생 돌보고 있어."

큰 사이렌 소리와 함께 주귀남을 태운 경찰차가 자릴 떠난다. 그 뒤를 따라가는 신해숙의 걸음이 위태롭다. 구경하던 동네 사람들은 금세 흥미를 잃어버리곤 각자의 집으로 흩어진다. 라커룸에서 깨어나 돌아온 이곳에서 주수인은 자신이 아까와는 전혀 다른 세계에 와 있다는 생각이 든다. 모든 게 다 비현실적이다.

아빠에게 무슨 일이 생긴 걸까?

이 일을 엄마가 해결할 수 있을까?

그렇다면 나는 어떻게 해야 하는 걸까…….

ⓔ

형사과엔 당직을 서는 직원 외엔 사람이 없다. 늘 붐비는 경찰서엔 적막감마저 감돈다. 외부에서 들리는 차 소리와 신해숙 앞에 앉아 있는 형사의 자판 소리만 사무실을 울린다. 새벽 4시를 넘어가는 지금 이 시간이 이곳 형사1팀에서는 가장 조용한 시간이다. 이제 잠시 후면 교대 근무자들이 와서 사무실은 다시 분주해질 예정이다.

오늘 당직인 김 형사는 반쯤 감긴 눈으로 조서를 작성하며 연신 하품을 해댄다. 세상의 피곤은 혼자 다 짊어진 얼굴이다. 신해숙은 이런 나태한 모습의 형사 앞에서도 주눅이 들어 있다. 겁이 많아 죄는커녕 신호 위반도 하지 않는 신해숙이다. 이런 사람이 경찰서에 왔으니. 신해숙은 온몸에 힘을 너무 주어 어깨와 다리가 결리기까지 하다.

"주귀남 님이 시험을 오래 준비하셨네. 고생 많이 하셨겠어요?"

"아……. 아닙니다."

"경기가 워낙 안 좋으니까 요즘 남편 분 같은 사람들이 많아서 조직적으로 부정 시험을 알선해주는 놈들이 많아요."

"그럼 어떻게 되는 건가요?"

지금 상황으로 봐서는 남편 분은 단순 의뢰인 같은데, 그래도 좀 더 조사는 해봐야죠.

부정시험이라는 말에 신해숙은 말문이 막힌다. 화보단 허탈함이 앞선다. 주귀남은 큰딸 주수인이 태어난 후 지금까지 20년 가까이 공인중개사 자격증을 따기 위해 시험을 치러왔다. 중소기업에서 근무하던 중 낙상 사고를 당해 허리와 머리를 크게 다쳐 몸으로 하는 일은 거의 할 수 없게 된 이후의 선택이었다. 처음 신해숙에게 공인중개사는 커다란 야망이나 원대한 꿈이 아니었다. 그저 남편이 아프지 않고 희망을 품은 일을 계속해서 해나가길 바랄 뿐이었다.

그렇게 20년이라는 시간이 흘렀다. 몸은 예전 같지 않고 하루 동안 쌓인 고단함은 다음 날이 돼도 풀리지 않았다. 운동부

인 첫째는 어떻게든 뒷바라지를 했는데 둘째가 태어나고서부
터는 혼자 버는 살림으로는 생활이 불가능하다고 느껴졌다. 아
마 그때부터였을 거다. 신해숙은 가족의 생계를 위해 악역을 자
처할 수밖에 없었다.

◠

신해숙은 검찰로 이송되어 조사를 더 받게 된 남편을 놔두고
집으로 돌아온다. 어느덧 밤은 사라졌고 시간은 벌써 오후를 넘
어가고 있다. 집에 도착한 신해숙은 생라면을 먹고 있는 주수
영과 마주한다. 막내는 엄마가 온 줄도 모르고 TV에 빠져 있다.
부모의 부재가 막내에겐 자유시간이 된 것 같다. 과자 부스러기
와 너부러진 장난감들은 뜬눈으로 밤을 지샌 신해숙을 더욱 더
피곤하게 만든다.

"주수영. 너 왜 그런 거 먹고 있어! 언니는?"

"몰라."

"언제 나갔는데?"

"나는 모르지. 아침부터 아무도 없었는데."

막내는 고개도 돌리지 않고 TV만 쳐다본다. 한숨이 나오지만
막내 앞이라 애써 숨을 참는다. 해야 할 일이 산더미다. 다행히
일요일이라 오늘은 괜찮았지만 내일은 다시 회사에 가야 한다.
청소도 해야 하고 밀린 빨래며, 애들 밥도 챙겨줘야 한다. 신해
숙은 앉을 새도 없이 다시 몸을 움직인다.

늦은 밤이 되어서도 신해숙은 잠시도 몸을 쉬지 않았다. 가만히 있으면 억누르고 있던 화가 올라올까 봐 온 힘을 다해 몸을 더 움직이고 있었다.

◎

인적이 드문 시간, 신해숙은 집 앞에 앉아 작은 양동이에 주 귀남의 문제집을 태운다. 박스로 포장까지 되어 있어 그냥 분리수거함에 버리면 될 것을 애써 불까지 지펴 종이를 태우고 있다. 쌓여 있는 문제집을 한 장씩 찢어 넣을 때마다 일렁이는 불길이 신해숙의 얼굴을 비춘다. 남편에 대한 분노는, 그가 지은 죄보다 신해숙의 자존심을 무너지게 한 것을 향해 있었다. 신해숙은 없는 살림에 전전긍긍하며 살고 있지만 그래도 남들 앞에 부끄럽지 않았다. 자신이 가진 것에 만족할 줄 알았고 포기보단 희망을 먼저 생각했었다. 그러므로 자존심은 그녀의 힘든 삶을 지탱해주는 뿌리와도 같았다. 그런데 남편이 몰고 온 화마에 땅속 깊숙이 박혀 있던 신해숙의 뿌리가 불길에 휩싸여 버렸다.

신해숙은 침착한 눈으로 양동이에서 타오르는 불꽃을 바라본다. 태연하지도, 그렇다고 슬프지도 않은, 그저 모든 걸 놓아버린 듯 넋이 나간 모습이다. 상자에 담긴 문제집이 반쯤 태워지자 옆으로 맨 가방만큼이나 축 늘어진 어깨를 한 주수인이 나타난다.

'이게 무슨 일이지?'

아빠의 문제집이 불타고 있다.

"아빠 다시 공부해야 되는 거 아니야? 다 태우면 어떡해?"

"너 요즘 뭐하고 돌아다니는 거야?"

"어? 아니 그냥……. 오늘 일이 좀 있어서……."

신해숙은 딸의 변명을 들을 생각이 없다. 이렇게 밖에서 남편의 문제집을 태우고 있는 것도 다 주수인을 기다리기 위한 핑계였을지도 모른다.

"무슨 일인데? 네가 다른 애들처럼 대학을 가니, 아님 취업을 했니? 네가 무슨 일이 있어서 동생 혼자 놔두고 이제 들어오는 건데!"

"왜 그래? 나도 일이 있어!"

신해숙은 자신의 분노를 받아치는 딸을 노려본다.

그냥 아무 말도 하지 않으면 될 것을, 주수인도 애써 엄마의 화를 더 키운다. 신해숙은 주수인을 이대로 가만히 두고 볼 수만은 없다. 이렇게 시간이 지나면 큰딸도 자신의 남편과 같은 삶을 살 것이 뻔해 보인다. 이게 다 그 지긋지긋한 야구 때문이다. 이참에 모두 바로잡아야 한다.

신해숙은 주수인의 가방을 향해 달려든다. 말려보고 씨름을 해봐도 소용없다. 팔과 옷을 잡아 끌어당겨도 주수인은 완강한 엄마를 이기지 못한다. 주수인이 매고 있던 크로스백은 어느새 신해숙에게 넘어간다. 주수인이 가방을 매고 다니는 이유는 하나였다. 야구화같이 값이 나가는 물건을 들고 다녀야 하기도 했지만 가장 중요한 건 무엇보다 글러브 때문이었다.

가정 형편에 따라 조금씩 다르지만 대부분의 고고 야구 선수들은 전문가용 글러브를 사용한다. 일반 글러브는 강도가 약해 고교 야구 선수 정도의 공을 받으면 쉽게 터져버린다. 비싼 가격에 영향도 있지만 그것보다 글러브 같은 경우 선수의 손을 보호하고 공을 잡는 습관에 맞춰 길을 들이기 때문에 다른 장비보다는 조금 더 각별함과 애정이 있었다.

주수인도 글러브에 대한 애정이 각별하긴 다른 선수들과 마찬가지였다. 고등학교 입학 때 후원받은 이 갈색 글러브는 다른 선수들에 비해 손이 작은 주수인에 맞춰 주문 제작된 제품으로 세상에 단 하나뿐인 제품이다.

이런 글러브를, 신해숙은 불이 타오르는 양동이에 집어넣어버린다.

크게 일어나는 불꽃과 함께 가죽 타는 시큼한 냄새가 함께 올라온다. 소리치며 글러브를 꺼내려 하는 주수인의 앞을 신해숙은 사력을 다해 막아선다.

"뭐하는 거야 엄마! 비켜! 이러면 진짜 못 쓴단 말이야."

"안될 거 같으면 빨리 포기하는 것도 부끄러운 게 아니라고 내가 그랬지! 괜한 오기로 그렇게 싸우면서 살 필요 없다고. 그런 거 없어도 사는 게 얼마나 힘든데. 왜 사는 걸 더 힘들게 만들고 있어!"

"왜 그러는 건데! 엄마가 뭘 안다고 그래? 비켜!"

불꽃에 서서히 글러브가 녹아든다. 주수인은 글러브를 꺼내려 하지만 앞을 막고 있는 엄마는 비켜설 생각이 없다. 그렇다고 엄마를 옆으로 밀어버릴 수도 없는 노릇이다.

"내가 모르긴 뭘 몰라? 내가 네 엄만데 내가 뭘 몰라!"

"내가 아직 잘하는지 못 하는지도 모르잖아. 내가 진짜 잘하는 거면, 진짜 그런 거면 어떡해? 그럼 너무 억울하잖아!"

주수인의 애원 섞인 목소리는 불타는 글러브 연기와 함께 허공에 맴돈다. 신해숙은 딸이 뭐라고 하던 그 말을 들어줄 생각이 없다.

"잘하는데 왜 이러고 있어? 너랑 같이 운동한 애들 중에 밥 먹고 살 애들은 이미 다 정해져 있어! 그걸 왜 너만 모르는데!"

"엄마도 엄마 하고 싶은 거 하고 살고 있으면서 왜 나한테만 그래?"

"뭐? 너 지금 그게 나한테 할 소리니?"

"엄만 그냥 돈을 벌고 싶은 거잖아. 엄마가 하고 싶은 게 뭐가 있어? 엄마가 되고 싶은 게 뭐가 있냐고! 엄마는 세상에서 돈이 제일 중요하잖아! 나는 엄마처럼 살기 싫어! 엄마처럼 평생 돈 걱정이나 하면서 살기 싫다고!"

"나라고 이렇게 살고 싶은 줄 알아? 내가 왜 내 인생 포기하면서 이렇게 살고 있는데! 나는 처음부터 네 엄마였는 줄 아니?"

모두가 다 알면서도 애써 꺼내고 싶지 않은 말을 신해숙은 내

놓는다. 신해숙은 주수인에게 야구를 빼앗으려는 게 아니라 더 좋은 길을 주수인에게 제시해주고 싶었을 뿐이었다. 어떤 일이 있어도 자신이 경험한 삶을 다시 되돌려주긴 싫었다. 그러니 신해숙을 비난할 수만은 없다. 또한 그녀의 말이 틀렸다고도 할 수 없다.

신해숙은 붉게 고인 눈물을 애써 참아낸다. 주수인 역시 하려고 했던 말을 삼킨다. 서서히 줄어드는 양동이의 불길만큼 크게 오가던 목소리가 사라져 겨울밤의 공기만 남는다.

"너도 네 아빠처럼 너 마음대로 살 거면, 지금 당장 나가!"

신해숙이 집으로 들어가자 주수인은 그제야 불이 붙어 있는 철제 양동이 앞으로 다가간다. 안에서는 글러브가 모두 녹아 내려 있다. 꺼낸다고 해서 어떻게 할 수 있는 게 아니다. 불길의 그늘이 주수인의 얼굴에 묻어 일렁인다.

⚾

한방글을 아파트 놀이터에서 만난 건 엄마가 글러브를 태운 후 얼마 지나지 않고서였다. 평소라면 잘 앉지 않던 그네에 나란히 앉은 두 사람은 경기에 진 선수처럼 풀이 죽어 발로 흙바닥만 헤집고 있다. 주수인의 눈치를 보던 한방글이 들고 있던 낡고 오래된 아마추어용 글러브를 건넨다.

"이거…… 내꺼라도 줄까?"

글러브를 보자 주수인의 한숨만 더 깊어진다. 한방글은 주수인의 한숨 소리에 섣불리 뱉은 자신의 말을 주워 담고 싶어진다. 자신의 글러브는 주수인과 캐치볼을 하는 용도로 주수인 글러브에 비하면 그냥 장난감일 뿐이었다.

"근데 너 어제 우리 집엔 왜 왔어?"

"아……. 나 오디션 떨어졌어."

이건 또 무슨 날벼락 같은 소린가. 주수인은 한방글의 말에 숙이고 있던 고개를 번쩍 든다.

"뭐? 벌써 발표 났어?"

"존나 웃긴 게, 가 보니깐 서류 낸 사람은 다 불렀더라고."

"그래서?"

"5명씩 한 줄로 세우더니 얼굴만 보고 탈락시켰어. 씨발 존나 재수 없어."

"노래랑 춤은? 그런 거 하나도 안 시켰어?"

"응……. 내가 얼마나 연습을 많이 했는데……."

주수인은 위로를 받으러 왔다가 되려 위로를 해줘야 할 상황이다. 한방글의 일이 마치 자신의 일인 것처럼 속이 쓰리다. 그렇다고 조언 같은 건 어림도 없다. 자신의 앞가림도 못하는데 누가 누구에게 조언을 한단 말인가. 그저 이렇게 말없이 같이 있는 것 말곤 할 수 있는 게 없다. 함께 있음에 위로를 받는다는 말이 있지만 그건 어디까지나 서로의 사정을 봐가며 적용되는 말이었다.

아파트 불빛이 하나둘씩 꺼진다. 그네의 삐걱거리는 철사 소리도 추운 날씨 탓에 더 귀에 거슬리기 시작한다. 위로가 필요한 두 사람 중 먼저 입을 연 쪽은 한방글이다.

"가자. 춥다."

한방글은 모든 걸 다 내려놓은 듯 자리를 훌훌 털고 일어난다. 그런데 주수인은 한방글과 달리 그 자리에 앉아서 일어날 줄 모른다.

"뭐해? 안 가냐? 아! 아니지. 못 가냐?"

"갈 수 있거든!"

주수인은 그네를 받치는 쇠사슬을 붙잡으며 있는 힘을 다해 자리에서 일어난다. 차가운 철의 느낌에 주수인의 온몸에 한기가 스며든다.

누가 여고생은 굴러가는 낙엽에도 까르르 웃는다고 했던가. 흙먼지를 날리며 놀이터를 빠져나가는 두 사람의 모습이 처량하기만 하다. 주수인은 집에 들어갈 생각을 하니 발이 떨어지지 않았지만 그렇다고 다른 수도 없었다. 정말이지 미쳐버릴 것만 같다.

6

　금형은 같은 형태의 결과물을 만들기 위한 틀로 철을 깎아 만
드는 작업을 말한다. 주수인과 신해숙은 지금 '미주정밀'이라는
업체의 금형공장 회의실에 앉아 있다.

　신해숙이 이곳 미주정밀에서 일한지는 6년이 넘어가고 있었
다. 주수인이 다니던 초등학교에서 처음 급식소 일을 시작했던
신해숙은 주수인이 초등학교를 졸업한 뒤 이곳 금형공장 구내
식당에서 일하기 시작했다. 근면성실함은 물론 직원들에 맞춰
반찬까지 따로 만드는 열정에 공장 사람들은 모두 신해숙을 신
뢰하고 좋아했다.

　지난밤 엄마와 한바탕 싸움을 벌인 후 주수인은 집으로 돌아
가는 길에 결심했다. 부모의 전폭적인 지지가 있어도 성공할 확
률이 적은 싸움을 하고 있다. 지지는 받지 못할지라도 반대는
없어야 한다. 그냥 이대로 있다간 지금까지 했던 모든 일이 물
거품이 되고 만다.

　늦게 집으로 돌아온 주수인은 혼자 식탁에 앉아 밥을 먹고 있

던 엄마에게 공장에 취직을 하겠다는 결심을 전달한다.

"돈만 벌면 되는 거지? 알았어. 같이 가."

이른 아침 지하철을 타고 오면서도 주수인과 신해숙, 두 사람은 한마디의 말도 나누지 않았다. 사람들이 없는 한산한 지하철 안에서 두 사람의 시선은 다른 곳을 향해 있었다.

회의실에선 공장 기계 소리가 요란하게 들린다. 멀리서 들려오는 철을 깎는 소리와 지게차가 후진하며 내는 멜로디가 묘한 화음을 이룬다. 주수인보다 더 긴장한 신해숙은 딸의 용모가 신경 쓰이는지 옷매무새를 만지고 머리를 가지런히 다듬어 준다. 얼마나 더 기다려야 되는 걸까. 팀장과 약속한 시간은 벌써 20분이 넘어가고 있었다.

얼마나 시간이 더 지났을까, 문을 열고 들어오는 팀장은 약속한 시간보다 한참을 늦었어도 자신의 권위를 지키려는 듯 급하게 달려온 기색은 없었다. 하지만 그렇다고 해서 예의를 잊어버린 건 아니었다.

"제가 많이 늦었죠. 죄송합니다."

"아, 아닙니다."

고개 숙여 인사를 한 팀장은 들고 온 물건을 옆에 놓더니 회의 테이블 상석에 앉는다.

"음……. 저희는 원래 상고든 인문계든, 자격증이 없으면 안 뽑는데 신여사님 따님이라고 하니까 이렇게 만나는 거예요. 본인은 어머니한테 감사해야 돼."

자부심이 느껴지는 어조다. 또한 자신의 배려심이 크다는 걸 내세워 상대에게서 대화의 주도권을 가져오는 화술도 사용한다. 주수인은 그저 엄마를 힐끔 쳐다볼 뿐 별말이 없다. 낯선 공간에 낯선 사람, 그래도 의지할 사람은 엄마였다.

"잘 아시겠지만 저희가 하는 금형은 현장 경험 없이는 설계나 영업 같은 사무직으로 올 수가 없어요. 처음 6개월은 누구나 다 현장에서 기름밥을 먹어야 돼요. 무슨 말인지 알겠죠?"

"아……. 네……."

"오케이."

팀장은 마치 정해진 순서가 있는 듯 자신이 들고 온 쇼핑백에서 물건들을 꺼낸다. 작업복 상하의, 고글, 모자, 방진 마스크, 용접 장갑 등과 함께 쇠를 깎는 정밀 기계도 함께 올려놓는다.

테이블 위에 물건들이 생경한 건 주수인뿐만 아니라 신해숙도 마찬가지다. 지금까지 딸이 가지고 다니던 물건들과는 많이 다른 모습에 엄마는 입술을 꾹 깨문다. 신해숙이 일하는 급식소는 공장 일과는 거리가 멀었다.

"자, 이건 현장에서 일할 때 쓰는 장비들이에요. 그리고 현장에서는 기름이랑 쇳가루가 많이 날려서 꼭 작업복을 착용해야 돼요. 우선 내가 평균 사이즈로 가져왔는데 겉옷만 벗고 한번 입어 봐요."

팀장의 말에 주수인은 다시 엄마를 바라본다. 팀장이 시키는 대로 하라는 듯 고개를 끄덕이는 엄마의 모습에 주수인은 하는 수 없이 자리에서 일어난다. 굼뜬 주수인의 행동에 망설임이 보인다. 그녀가 점퍼를 벗는 사이 끌어안고 있던 가방은 신해숙의 손으로 옮겨진다.

주수인의 가방은 성한 곳이 하나도 없다. 먼지가 잔뜩 묻어 이리저리 나 있는 흠집이 주수인의 손에 난 상처와 닮아 있다. 신해숙은 가방에 묻은 먼지를 털어내다 지퍼가 열려 있다는 걸 알게 된다. 얼마나 열고 닫기를 많이 했는지 지퍼 손잡이는 깨져 있고 사이사이 모래와 먼지가 껴 있어 닫으려 해도 잘 닫히지가 않는다. 도대체 무엇을 들고 다니기에 이런 가방을 매일같이 메고 다닌단 말인가.

가방 안을 들여다본 신해숙의 얼굴이 굳어진다. 딸이 야구를 위해 노력한 흔적과도 같은 야구화가 들어있다. 지저분하고 헤진 야구화는 딸이 지금까지 무엇을 하며 다녔는지를 말해준다. 신해숙의 눈에 갑작스러운 눈물이 맺힌다.

"엄마. 이게 맞는 거야?

딸의 목소리에 엄마는 고개를 든다. 두꺼운 작업복을 모두 착용한 주수인은 방진 마스크와 모자로 얼굴이 가려져 있다. 지금까지 엄마가 봐왔던 딸의 모습과는 전혀 다른 모습이다. 신해숙은 맺혀 있던 눈물을 삼키기 위해 고개를 숙인다. 태연하게 어떠냐고 물어보는 딸의 모습에 엄마는 더 가슴이 아프다. 주수인이 어떤 마음으로 공장에 따라왔는지 엄마는 알 길이 없다. 신해숙은 닫히지 않는 가방을 놓아 두고 어쩔 수 없이 자리에서 일어선다.

"팀장님. 잘 부탁드리겠습니다. 먼저 일어나 보겠습니다."

신해숙은 팀장의 대답도 듣지 않고 회의실을 뛰쳐나온다. 주수인이 엄마를 불러보지만 소용이 없었다.

회의실에서 나온 신해숙은 건물 앞에서 참아왔던 울음을 터트린다. 자신도 예상하지 못한 울음에 당황해 주변을 살피지만 흘러나오는 눈물이 멈추진 않는다.

험한 세상을 견디기 위해 지금 자신이 하는 일이 옳다 여기지만 가슴속 깊이 남아 있는 자식을 향한 엄마의 심정은 그렇지가 않았다. 딸을 위한 일이라고 하지만 그것의 대가는 엄마가 치러야 했다.

Ø

신해숙은 퇴근길에 장을 봐 왔다. 그동안 제대로 된 음식을 못 해준 것에 대한 미안함도 있었지만 다시 집을 일으켜야겠다는 가장의 의지도 담겨 있었다. 내색하지 않았지만 주수인의 취직은 살아야 한다는 의지와 다시 시작할 수 있다는 희망을 만들어 주는 계기가 됐다.

봉투 가득 음식 재료를 들고 집에 온 신해숙의 눈에 남편의 구겨진 신발이 눈에 띄었다. 조심스레 방문을 열어 보니 남편은 구겨진 몸으로 침대에 누워 잠을 자고 있다. 기가 막혀 당장이라도 깨워 혼쭐을 내고 싶지만 다시 시작해야 된다는 신해숙의 의지를 이기지 못한다. 다 지나간 일, 그때의 그 감정을 다시 꺼내 놓고 싶진 않다. 신해숙은 음식을 준비하기 위해 남편이 자는 방문을 슬며시 닫아 놓는다.

갈비찜은 주수인이 가장 좋아하는 음식이었다. 특이하게도 소갈비보다 돼지갈비를 더 좋아해서 사실 마음만 먹으면 이정도 쯤은 언제든지 해줄 수 있는 음식인데 신해숙은 못내 미안한 마음이 든다.

돼지갈비찜이 식탁 위에 올려지자 주수영이 박수를 치며 좋아한다. 자기가 좋아하는 계란말이와 장조림까지 있으니 오늘 하루 가장 신난 건 바로 주수영이다. 밥솥에선 밥이 다 됐다는 소리가 들리고 마침 주수인이 현관문을 열고 들어오는 소리가 들린다.

"수영아. 넌 가서 아빠 모시고 와."

아빠를 부르며 안방으로 가는 동생을 보며 주수인은 방문 앞에서 걸음을 멈춘다.

"아빠 왔어?"

"그래……. 밥 먹어."

신해숙은 주수인의 눈을 피한다. 미안함에 대한 앙금이 아직 마음에 남아 있다. 엄마의 이런 마음을 아는지 모르는지 주수인은 아빠가 왔다는 말에도 대꾸 없이 방으로 들어가 버린다. 모든 걸 제자리로 돌려놓고 싶은 신해숙의 바람이 무색하게, 집 안의 공기는 다시 무거워진다.

마치 잔치라도 벌이는 듯 잡채까지 만들며 부산하게 움직이는 신해숙 뒤로 가벼운 운동복으로 갈아입은 주수인이 나온다. 막내와 다르게 첫째는 식탁에 차려진 음식에는 전혀 관심이 없어 보인다.

  "나 잠깐 나갔다 올게."

  "이 시간에 어딜 가?"

  "오늘 훈련 안 해서 해야 돼."

  현관으로 가는 주수인을 보며 신해숙은 견고하게 쌓아둔 희망이라는 탑에 금이 가는 걸 느낀다. 접시로 옮겨 담고 있던 잡채를 내려놓은 신해숙은 주수인을 따라 현관으로 다가간다.

  "너 지금 무슨 소리 하는 거야?"

  "뭐가?"

  "지금 이게 뭐하는 짓이냐고!"

  "내가 뭘 어쨌는데? 엄마가 시키는 대로 다 했잖아! 엄마 말대로 내 밥벌이 내가 할 테니까 이제 신경 꺼!"

  주수인은 엄마의 팔을 뿌리치고 현관문을 나선다.

  "너 거기 안 서!"

  소리를 질러보지만 문 밖을 나서는 주수인을 붙잡진 못한다. 딸의 예상치 못한 행동에 신해숙의 호흡이 빨라진다. 급한 마음에 허둥대며 신발을 신으려는데 싸우는 소리를 듣고 나온 주귀남이 신해숙의 팔을 붙잡는다. 그만하라는 듯 힘없이 바라보는 남편의 초췌하고 불품없는 모습에 신해숙은 지금까지 쌓아둔 모든 의욕이 사라진다.

부부의 한숨은 힘들게 차려놓은 음식의 온기를 모조리 빼앗아 버리고 만다.

ⓞ

며칠 전 저녁 훈련만 할 수 있다는 주수인의 문자를 받은 최진태는 고민에 빠졌다. 주수인의 기술은 보완이 필요하지만 어느 정도 자리를 잡아가고 있는 중이었다. 조금 더 시간을 투자해야 할 시기에 오히려 훈련 시간을 줄여야 된다고 하니 최진태는 답답하지 않을 수 없었다. 부모님과의 갈등이라 최진태가 어떻게 해줄 수 있는 부분도 아니었다. 만나서 설득 해볼 생각도 해봤지만 그러다 더 역효과가 날 수도 있어 아무래도 조심스러웠다.

며칠을 고민한 결과 결국 가장 중요한 건 주수인의 의지였다. 어떤 방법이든 그 의지를 확인할 필요가 있었다.

최진태는 공장을 둘러본다. 쇠를 깎는 시끄러운 소리와 대형 트럭 위에 있는 냉장고만 한 금속 덩어리가 자석의 힘으로만 옮겨지고 있다. 최진태는 공장 직원의 안내에 따라 작업장 앞까지 들어간다. 지금까지 야구만 해온 터라 작업복을 입은 사람들이 전자식으로 된 장비에 쇠를 넣어 깎기도 하는 공장의 분위기가 많이 낯설게 느껴진다. 안전모와 고글, 방진 마스크까지 한 주수인은 아직 작업이 손에 익지 않았는지 나이가 많아 보이는 직원에게 지도를 받고 있다. 주수인 손에 들려 있는 그라인더처럼 보이는 도구는 아마도 쇠의 단면을 부드럽게 만드는 작업을 할 때 쓰는 것 같다. 공장의 분위기만큼이나 주수인의 모습도 최진태에겐 낯설게 느껴진다.

섣불리 말을 꺼내지 못하는 최진태와 고개 숙인 주수인이 직원 휴게실 소파에 나란히 앉아 있다. 휴게실이라곤 하지만 물류 창고 한 편에 만들어 놓은 직원들의 흡연 공간이다. 상처가 사라진 주수인의 손에 기름때가 잔뜩 묻어 있다. 닦으려고 이리저리 문질러 보지만 검정색의 기름은 오히려 더 번질 뿐 지워지지가 않는다.

"사무직으로 가려면 6개월 동안 현장에서 일해야 된대요."

"누가 뭐래?"

주수인은 공장에서 일하고 있는 자신의 모습이 괜히 마음에 걸려 푸념 섞인 변명을 늘어놓는다. 최진태도 주수인의 상황을 이해 못하는 건 아니다. 언젠지 기억나진 않지만 자신도 겪어왔던 과정 중 하나였다.

"왜 왔어요……."

"시합을 하나 잡았는데……. 어떻게 할래?"

만난 후 계속 고개만 숙이고 있던 주수인이 최진태를 바라본다. 최진태는 주수인의 눈을 바라보며 안고 있던 걱정을 조금 덜어낸다.

주수인은 지금 섬에 갇혀 있다. 공장에 오기 전 최진태는 주수인을 섬에서 탈출시킬 방법을 고민하고 있었다. 그런데 지금 주수인의 눈빛은 그저 섬을 탈출할 배를 만들 나무의 위치만 묻고 있을 뿐이었다. 주수인은 지금 이 섬에서 나갈 의지로 불타고 있다.

*

최진태는 주수인을 독립구단 경기에 참가시키기 위해 훈련장에 찾아왔다. 다른 구장에 비해 상대적으로 아담한 야구장이긴 해도 작은 전광판도 갖추고 있어 경기를 하기에 전혀 무리가 없는 곳이었다.

흰색 유니폼을 입은 A팀과 검정색 유니폼을 입은 B팀 사이 화양고등학교 야구복을 입은 주수인이 스트레칭을 하고 있다. 오늘 주수인은 A팀 선수로 경기에 나갈 예정이다.

프로야구와는 달리 아마추어 야구는 다양한 연령대가 다양한 팀에서 활발하게 활동을 하고 있다. 청소년 리그는 리틀야구부터 시작해 초등부, 중등부, 고등부 리그가 각각 진행되고 있고 대학리그 역시 따로 진행이 되고 있었다. 엘리트 선수들이 주축이 아닌 곳에서는 여자야구와 사회인 야구가 리그를 각자 따로 운영하고 있었는데 이 모든 리그를 거친 선수들이 오는 리그가 바로 독립야구리그다.

독립구단은 고등부나 대학부에서 프로의 지명을 받지 못 했거나 프로 선수로 생활하다 퇴출된 선수들이 주를 이루고 있어 선수들의 목표는 99% 이상이 프로를 지향하고 있었다. 최진태 역시 독립구단을 거쳤다. 그의 사례에서 보듯 대부분은 선수 생활의 가장 끝자락에서 절박함을 가진 사람들이 대부분이다.

"쟤냐?"

"왔어? 어, 잘 좀 부탁한다."

"예쁘네. 알았다."

덥수룩한 수염에 장발을 한 B팀의 윤 감독은 최진태와는 선수 시절 고등학교를 같이 나온 동료였다. 이 경기의 주선자이기도 한 그는 최진태와 가벼운 인사를 나눈 후 선글라스를 고쳐 쓰며 선수들이 있는 곳으로 걸어간다. 이제 곧 경기를 시작할 모양인 것 같다.

최진태 옆으로 못마땅한 표정을 짓고 있던 김진규가 다가와서 선다. 최진태의 연락을 받고 지난번 불편하게 헤어진 것도 있고 해서 멀리까지 오긴 왔지만 도착해서도 부른 이유를 말해 주지 않아 짜증이 난 상태였다.

"뭐 하는 거야? 진짜 왜 부른 건데?"

"독립구단 경기도 좀 보라고."

"야. 비꼬지 말고 똑바로 말해. 뭐야?"

최진태는 선수들에게서 시선을 돌려 김진규를 쳐다본다.

"여기 있는 애들 대부분 프로에 갔다 왔거나 가려고 하는 애들이거든."

"그래서?"

"주수인 트라이아웃 말인데……."

'주수인' 이라는 이름을 듣자 김진규가 한숨을 쏟아낸다. 지난번 그렇게 말했는데도 아직도 포기를 못하고 있다. 김진규는 다시 한번 최진태의 허망한 소망을 이뤄주는 매개체가 되어야 한다는 생각에 속이 부글부글 끓어오르기 시작한다.

"오늘 시합 보고! 그래도 아니면 내가 더 이상 부탁 안 할게! 됐지?"

자신의 할 말을 끝낸 최진태는 김진규의 표정에 아랑곳하지 않고 벤치로 걸어가 한 자리를 차지한다. 김진규는 못마땅한 듯 최진태를 바라보지만 이제와 어쩔 수가 없다. 야구 경기를 보는 건 김진규가 가장 많이 하는 일 중 하나였다. 어렵지 않은 부탁, 들어주는 건 어렵지 않다. 다만 시간이 아까울 뿐이다.

주수인이 마지막으로 선발로 경기를 뛴 건 벌써 6개월 전이었다. 그때만 해도 여름이 막 시작될 무렵이었는데 6개월 사이, 날씨만큼이나 주수인의 상황도 많이 변해 있었다. 오늘 주수인은 그간 연습해 온 너클볼을 섞어서 던질 예정이다. 아직 완성되진 않았지만 너클볼 위력을 시험해볼 좋은 리트머스 시험지라는 생각이 들었다.

관중석도 없는 초라한 연습 경기장에서 경기가 시작된다.

1회 초부터 주수인이 던지는 너클볼은 크게 존재감을 발휘한다. 던질 때의 자세가 틀어지는 점이나 팔의 스윙 속도가 아직은 직구보다는 떨어져 100% 완성 단계라고 할 순 없지만 회전

없이 날아가는 공은 떨어지는 나뭇잎처럼 어디로 흘러갈지 방향을 잡기가 힘들다. 짧은 시간이지만 이정호와 대결을 할 때와는 수준이 다른 공이 되어 있다. 1번과 2번 타자가 휘두르는 방망이에 심판은 연속해서 스트라이크를 외친다.

3번 타자 역시 두 타자와 별반 다르지 않다.

1구, 스트라이크.

2구, 헛스윙.

3구, 헛스윙.

주수인은 9개의 공으로 세 타자 모두를 삼진으로 내려 보낸다. 여자 선수라며 주수인을 만만하게 봤던 타자들은 덕아웃에 들어가서 이상하게 움직이는 주수인의 공을 설명하느라 정신없다. 분명 그리 빠르지 않은 직구인데 너클볼과 섞여 날아오는 공은 타이밍을 잡기가 너무 까다로웠다. 구속은 기껏 해봐야 130km 초반인데 타석에서는 140km 이상으로 느껴진다. 세 타자 모두 손을 이리저리 움직이며 윤 감독에게 공의 움직임을 설명하자 덕아웃에 앉아 있던 선수들은 주수인을 황당하다는 듯 쳐다본다. 다소 생소하지만 위력이 느껴지는 투구에 김진규역시 앉아 있던 자세를 달리한다. 멀찌감치 떨어져 김진규를 바라보고 있던 최진태는 그의 반응을 신경 쓰고 있다.

홈베이스 뒤로 조그맣게 걸려 있는 전광판 숫자가 어느덧 4회를 가리키고 있다. 윤 감독은 덕아웃에서 쉬고 있는 주수인 곁으로 다가와 여느 남자들처럼 너스레를 떤다.

"남자들이랑 있어서 그런지 제법 던질 줄 아네. 여자라고 봐 주면서 하라고 했더니 그러면 안 되겠는데?"

주수인은 윤 감독에게 아무런 대꾸를 하지 않는다. 어릴 적부터 시합에 나가면 늘 주수인을 향해 따라오던 사람들의 반응이었다. 이런 사람들과 말씨름을 해봤자 자신에게 남는 것이 없다는 걸 주수인은 잘 알고 있었다.

"그리고 보니까 넌 던질 때 스윙에 힘이 약하던데 더 빠르게 던지려면 여기 이렇게 응? 보이지? 허벅지 근육이랑 어깨, 여기 보이지? 이렇게 근육을 키워야 돼."

윤 감독은 주수인 앞에서 허벅지와 팔뚝을 드러내면서 자신을 과시한다. 주수인은 윤 감독의 이런 맨스플레인(남성man과 설명하다explain를 합친 말로 남성이 여성을 기본적으로 뭔가 모르는 사람으로 규정하고 자신의 말을 일방적으로 쏟아붓는 태도를 지칭한다.)이 그저 가소롭기만 하다. 대부분의 사람들은 윤 감독 말처럼 주수인이 남자들과 오랜 생활을 한 탓에 여느 남자들 못지않은 실력을 지녔다고 생각하지만 그건 주수인을 온전하게 바라보는 시선이 아니다. 주수인은 다른 사람들이 흘리는 작은 소리에 흔들릴 만큼 자신을 믿지 못하는 사람이 아니었다.

"빠르게 안 던져도 되는데?"

잘난 척하는 윤 감독에게 웃음까지 보이며 주수인은 다시 마운드로 나선다. 윤 감독은 주수인의 반응이 다른 선수들과는 달라 사뭇 당황한 눈치다. 이를 모두 지켜본 최진태는 그 상황이 웃기면서도 주수인에게 다시 한번 감탄한다.

여러모로 흥미로운 선수다. 다른 무엇보다 단단한 정신력을 가진 아이이다. 투수가 갖춰야 할 덕목 중 가장 중요한 걸 가졌다.

☻

독립구단과의 친선 경기는 환호와 즐거움으로 마무리됐다. 주수인은 6이닝을 등판해 99개의 공을 던져 단 한 점도 내주지 않으면서 승리 투수의 타이틀을 가져왔다.

두 사람은 경기에서의 즐거움을 삼겹살 집까지 가져왔다. 불판에 삼겹살 익는 소리와 함께 주수인의 얼굴에서는 웃음이 떠날 줄 모른다.

"이기니까 좋아? 안타를 8개나 맞았는데?"

"그냥요. 재미있잖아요."

웃는 얼굴의 주수인을 보니 최진태도 며칠 동안 쌓여 있던 근심이 조금은 내려가는 듯하다. 최근 최진태는 현재 주수인의 상황을 박 감독에게도 알릴까 고민을 했었지만 끝내 연락을 하진 않았다. 가까이 있는 자신이 해결할 수 없는 일이라면 외국에 나가 있는 박 감독도 해결할 수 있는 일이 아니니까. 최진태 역시 주수인과 함께 훈련을 하면서 코치로서 한 걸음 더 성장하고 있었다.

"자. 선물."

"선물? 뭔데요?"

불판에 고기가 다 익기 전, 최진태는 주수인에게 들고 온 선물을 건넨다. 야구를 포기하지 않을 주수인임을 알기에 고민 끝에 구입한 선물이었다.

주수인이 받아 든 쇼핑백 안에는 지난번 쓰던 것보다 더 고급스러운 가죽으로 만든 붉은색 글러브가 들어 있다. 주수인은 토끼 눈이 되어 최진태를 바라본다.

"우와! 완전 감동!"

"지난번 맞춤 제작한 곳에 부탁한 거야. 물론 전에 쓰던 것보다 더 좋은 거고. 그러니까 더 열심히 해! 알겠지?"

"감사합니다."

"이게 끝이 아닌데? 선물 하나 더 있어."

"진짜요? 뭔데요?"

"프로팀에 있는 친구랑 이야기를 했는데……. 트라이아웃 일정 나왔어. 한 달 후야."

"네? 아……. 진짜요?"

밝게 웃던 주수인의 얼굴에서 조명이 꺼진 듯 웃음기가 사라진다. 생각지도 못한 일에 현실감이 사라진 얼굴이다. 주수인은 어떻게 기뻐해야 할지 몰라 얼어버린 사람처럼 그대로 멈춰 있다.

"뭐야? 반응이 왜 이래? 좋아해야 하는 거 아니야?"

분명 잘된 일이긴 하지만 그렇다고 해서 마냥 기뻐할 일도 아니었다. 이제부터 한 달, 어쩌면 주수인에게는 부족하게 느껴지는 시간이기도 했다. 불과 얼마 전까지 주수인은 프로 지명을 못 받은 선수 중 하나였다. 최진태와 훈련을 계속 해왔지만 아직은 프로에 통할만큼의 수준은 아니다. 너클볼뿐만 아니라 볼 회전력도 조금 더 강화해야 한다. 상체와 하체 근력도 아직 많이 부족하다. 부족한 자신의 실력을 알고 있는 주수인은 얼굴이 더 굳어진다.

주수인은 걱정 가득한 얼굴로 최진태를 바라본다. 그러다 엉뚱하게도 삼겹살 집 안으로 들어오는 이정호와 눈이 마주친다. 이정호는 주수인에게 눈인사를 하며 마치 약속이라도 한 듯 가게 안으로 들어와 서슴없이 테이블의 한 자리를 차지한다. 급하게 뛰어왔는지 육상 선수처럼 숨을 몰아쉬고 있다.

"늦어서 죄송해요. 갑자기 일정이 늘어나서……."

"야. 뭐야?"

"아. 내가 오라고 했어. 이정호 오늘 프로팀이랑 계약했거든. 야 이정호! 오늘은 네가 쏴! 사장님! 여기 고기 더 주세요!"

이정호는 주수인을 힐끗 보곤 테이블에 놓인 물을 마신다. 트라이아웃 일정을 들은 주수인은 싱숭생숭한 마음에 이정호를 더 이상 나무라진 않는다. 이정호 입장에서 보면 그 역시 자신과 마찬가지로 초등학교 1학년 때부터 야구를 시작했으니 12년 동안의 결실이 이루어진 날이었다. 이제 정말 프로 선수가 됐는데, 축하는 못 해줄 망정 화를 낼 순 없었다.

거한 저녁 식사를 끝낸 후 두 사람과 헤어진 주수인은 지하철에서 나와 집으로 가는 오르막길 앞에서 걸음을 멈춘다.

이 길을 걸어서 가는 건 오늘이 마지막이다. 앞으로는 오리걸음이나 달리기로 초를 재며 올라가야 한다.

다른 사람들은 걸어 올라가는 것도 벅찬 길인데 주수인은 집으로 가는 경사로 앞에서 다시 한번 더 각오를 다진다. 생활 속 작은 부분까지 몸을 만드는데 집중을 하지 않으면 안 된다는 생각이 들면서 조금 전까지 마음을 짓누르던 두려움은 조금씩 기대감으로 변해간다.

"주수인! 잠깐만!"

주저하는 듯 낮고 느린 목소리, 이정호다. 저 녀석이 왜 여기까지 따라왔지? 주수인은 이정호를 바라보며 의문을 가진다.

이정호는 주수인 앞으로 한걸음에 달려와 선다. 주수인이 지난번처럼 자신을 무시하고 가버릴까 걱정했지만 그러지 않아 다행이었다. 사실 둘 사이가 그렇게 친한 것도 아니었지만 어색한 사이는 더더욱 아니었는데 어느새 두 사람은 사이가 멀어져 있었다.

"아까는 코치님 있어서……."

이정호는 멈칫하는가 싶더니 안주머니에서 작은 상자 하나를 꺼내 주수인에게 건넨다.

"이거 매니큐어인데……. 너클볼같이 손톱으로 던질 때 손톱 보호용으로 바르는 거야."

"어……. 그래……."

새삼 또 선물이라니. 오늘이 생일도 아닌데 선물을 두 개나 받았다. 이정호에게 고맙다는 말을 해야 하는데 주수인은 입이 잘 떨어지지 않는다.

"너 그거 알아? 우리 리틀야구 할 때 같이했던 애들 중에 지금까지 야구하는 사람……. 너랑 나밖에 없다. 갈게……."

이정호에게 주수인이라는 존재는 추억을 함께 나눌 수 있는 유일한 동료였다. 그렇기에 이정호는 주수인만은 야구를 계속 이어가길 바랐다. 앞으로 프로에 나가 새로운 야구 인생을 살게 되더라도 그 추억을 어릴 적 동료인 주수인과는 계속해서 나누고 싶었다.

"야. 사인이나 해주고 가."

그의 진심을 이해해주지 못한 미안함에 주수인은 돌아서는 이정호를 붙잡는다. 가방에서 연습용으로 들고 다니던 공을 꺼낸 주수인은 어색하게 손을 뻗어 이정호에게 건넨다.

"나 공에 사인 처음 해보는데……."

"나도 프로 선수한테 사인 처음 받아봐."

아직은 많이 어색한 듯 이정호는 공을 받아들고 미간까지 찡그리며 진지하게 사인을 한다. 다소 어설퍼 보이는 작고 평범한 필체지만 프로 선수가 된 이정호의 첫 사인을 주수인이 받아든다.

"고마워. 매니큐어 잘 쓸게."

이정호는 평소에는 보지 못한 편안한 얼굴로 인사를 하며 지하철 입구로 다시 돌아간다. 그간 잊고 지낸 친구를 다시 만난 것 같다.

자동차도 지나다니지 않는 한산한 동네의 가파른 오르막길을 주수인은 다시 걸어가기 시작한다.

❧

집에는 불은 켜져 있지만 늦은 시간이라 가족들은 다 잠자리에 들었는지 조용하다. 엄마와 마주치면 회사 문제로 또 다시 불호령이 떨어질게 뻔해 주수인은 살금살금 방으로 들어와 최진태가 선물해준 글러브를 내려놓는다.

"나이스!"

아무도 모르게 방으로 들어 온 주수인은 환호를 외치지만 엄마 신해숙은 그렇게 호락호락한 사람이 아니었다.

벌컥 열린 문으로 들어온 신해숙은 오늘 하루 아무런 문제없이 보내고 싶은 주수인의 바람을 산산조각 내어 버린다.

"아. 깜짝이야……."

"너 뭐하는 거야? 지금까지 어디 있다가 이제 들어와? 오늘 회사 난리난 거 몰라? 전화도 안 받고. 너 진짜 이럴 거야?"

"알았어. 알았으니까 그만해."

"알긴 뭘 알아? 조금만 버티면 편하게 일할 수 있는데! 그 잠시를 못 참고 왜 이러는 건데!"

"엄마. 나 지금 엄마랑 싸우기 싫어."

"뭐?"

"부탁인데……. 그냥 좀 내버려 두면 안 돼? 응? 엄마…….
제발……."

신해숙은 울화가 치민다. 다 큰 딸을 꽁꽁 묶어 회사까지 끌
고 다닐 수도 없고, 어떻게 해야 할지 방법을 모르겠다. 그냥 이
대로 뒀다간 어렵게 들어간 회사에서 계속 일할 수 있다는 보
장도 없다. 뾰족한 방법이 생각나지 않은 신해숙은 일단 물러나
는 쪽을 택한다. 화만 낸다고 다 해결될 일이 아니란 걸 그녀는
남편을 통해서 배우게 됐다.

엄마가 나가자 주수인은 책상에 올려둔 달력을 집어 든다. 이
제 정확히 30일 남았다. 30일 후가 되는 날, 주수인은 빨간색
펜으로 동그라미를 친다. 주수인의 첫 트라이아웃 일정이 정해
졌다.

7

주수인의 한 달은 어떻게 보면 그다지 특별한 것이 없는 기간
이었다. 너클볼은 이제 어느 정도 익숙해져 수준급으로 올라와
있었다. 다른 투수들이라면 새로운 구질을 연습하는데 몇 달,
아니 어쩌면 새로운 구질을 전혀 익히지 못하는 선수들도 있지
만, 주수인은 두 달이 채 안 되는 시간 동안 새로운 무기를 완벽
하게 장착했다. '천재 야구소녀'라고 불렸던 이유가 단순히 여
자치곤 빠른 구속을 던져서가 아니란 걸 증명하고 있었다. 주수
인은 확실히 야구에 대한 센스가 다른 사람들보다 훨씬 더 뛰
어난 선수였다.

트라이아웃을 위한 훈련의 마지막 단계에서는 대부분 기초
체력을 강화하는데 공을 들였다. 이제 와서 큰 변화를 주는 것
보다 기본을 다진다는 게 최진태가 내린 결론이었다. 오리걸음
으로 높은 계단과 집으로 가는 오르막길을 오르내렸고 선수들
이 보통 몸풀기로 하는 먼 거리 캐치볼로 공의 회전력을 유지
시키는 훈련도 진행했다. 회전력이 좋은 공은 그렇지 않은 공보

다 더 멀리 날아간다.

대부분 선수들이 새로운 구질을 익힌 후 대면하는 가장 큰 문제점은 의외로 투구 폼에 있었다. 직구와 변화구를 던질 때는 물론 너클볼 같은 특이한 구질을 던질 때도 타자가 알아채지 못하게 같은 투구 폼을 유지해야 한다. 공의 위력도 중요하지만 이런 기본적인 부분도 놓칠 수 없기에 주수인은 최진태가 녹화한 영상을 보며 미세하게 변하는 자신의 투구 폼을 교정했다.

한 달 동안 미주정밀에도 쉬는 날 없이 출근 도장을 찍었다. 다만 중간중간 틈나는 시간마다 투구 자세를 바로잡는 연습이나 기마자세, 쪼그려 뛰기 같은 하체운동을 계속해서 이어나갔다. 무리한 훈련으로 망가졌던 몸은 기초체력 훈련으로 더 단단하게 되어 돌아와 정신도 한결 맑아졌다. 겨울의 끝 무렵 불어오는 바람 속에 조금씩 느껴지는 봄처럼, 한 달이라는 시간은 주수인을 트라이아웃 현장으로 이끌고 있었다.

마지막 훈련이 끝난 후 주수인은 스탠드 불빛만 아른거리는 방 안에서 이정호가 선물해준 매니큐어를 발랐다. 대단한 각오나 필사적인 모습이 아닌 그저 내일을 준비하는 작은 일 중 하나였다. 언니의 행동에 흥미가 생긴 주수영이 옆으로 다가와 주수인의 손을 빤히 쳐다본다.

"이거 바르면 예뻐져?"

"아니. 이건 예뻐지는 거 아니야."

"그럼 안 예뻐져?"

"이건 그냥 단단해지는 거야."

주수인이 손을 들어 '후' 하며 바람을 불어넣는다. 주수영은 단단해진다는 의미는 잘 모르지만 언니를 돕고 싶어 같이 바람을 불어넣어 준다. 볼이 빵빵해지는 동생의 귀여운 모습에 주수인은 웃음이 나온다.

비로소 트라이아웃에 참여할 모든 준비가 끝난다. 이제 후회 없이 최선을 다할 일만 남았다.

✿

오늘도 신해숙은 어김없이 아침을 준비하고 한다. 경찰서에 다녀온 이후부터 주귀남이 아침상 차리는 걸 도와줘 요즘엔 조금 수월해졌다. 시간에 쫓기면서도 신해숙은 단 한 번도 아침을 차리지 않은 적이 없었다. 가족들이 함께 밥을 먹는다는 것, 그 자체가 신해숙에겐 가장 중요한 행위 중 하나였다. 보상이라곤 없는 신해숙의 삶에서 가족들에게 밥을 먹이는 건 자기 만족이자 위로였다.

"주수영 얼른 나와서 밥 먹어!"

밥상에 반찬이 다 차려지자 신해숙은 막내를 부른다. 오늘은 막내가 어쩐 일로 언니 방에서 졸린 눈을 비비며 나온다.

"언니랑 같이 잤어?"

"응."

"언니 출근해야 되니까 가서 언니 깨워."

"언니 없어."

"언니가 왜 없어?"

"그건 나도 모르지."

신해숙의 얼굴에 걱정과 의심이 서린다. 더 물어볼 틈도 없이 주수영은 화장실로 들어가 버린다. 설마 아니겠지. 퍼 담고 있던 밥을 아무렇게나 던져놓고선 신해숙은 부엌 맞은편에 있는 주수인의 방으로 들어간다.

신해숙의 기대와 달리 방은 깨끗하게 정리가 되어 있다. 한 달 남짓 무리 없이 회사를 잘 나가는가 싶더니 다시 말썽이다. 지난번처럼 한 번 더 무단으로 회사를 빠진다면 신해숙도 팀장에게 더는 부탁할 수 있는 상황이 아니었다. 무슨 수를 써서라도 딸을 찾아와 회사로 보내야 한다.

신해숙은 거실을 서성이다 바닥에 놓인 휴대폰을 집어 든다. 일단 어디에서 무엇을 하고 있는지 알아야 데려올 수 있는 노릇이었다. 순순히 전화를 받을 리 만무하지만 어떻게든 찾아 나서야 한다.

"지금 누구한테 전화하는 거야?"

"주수인 내가 진짜 가만히 안 둬."

휴대폰의 잠금장치를 풀기도 전에 식탁에서 수저를 놓던 주귀남이 다가와 휴대폰을 뺏어든다. 이 양반은 남의 속도 모르고 왜 이러는지, 신해숙은 애끓는 속을 가라앉히기 위해 숨을 몰아쉰다.

"왜 이래! 이리 줘."

"그만 좀 해."

"뭘 그만하라는 건데? 빨리 이리 내놔!"

신해숙은 아무것도 모르는 남편의 손을 붙잡으며 휴대폰을 빼앗으려 한다. 서로 마주보며 화를 참는 두 사람의 얼굴은 아침이라기엔 너무 지친 얼굴이다.

들고 있는 휴대폰을 뺏기 위해 몇 번의 실랑이가 오간 후 먼저 화를 내는 쪽은 의외로 주귀남이었다.

"아이 씨! 진짜 그만 좀 해!"

주귀남은 사람의 화를 억누르는 데 도통한 사람이었다. 뭐 하나 잘난 게 없어 항상 사람들에게 잔소리와 멸시를 받는 주귀남은 상대방이 화를 내면 말 한마디로 멋쩍게 만드는 솜씨가 있었다. 신해숙이 화를 내면 금세 저자세로 돌변해 상대방이 제 풀에 꺾여 화낼 맛을 잃게 만들었다.

그런 주귀남이 지금처럼 소리 지르는 모습을 신해숙은 처음 마주한다. 놀란 마음에 한 걸음 물러나 진정시켜보지만 망치를 두드리듯 쿵쾅대는 심장은 멈출 줄 모른다. 순간 자신이 지금 딸을 찾고 있었다는 것조차 잊어버린다.

"왜 이래? 지금 나한테 소리친 거야?"

"내가 돈 벌면 되잖아. 그러니 그만 좀 해."

"지금 무슨 소리 하는 거야!"

"당신 나한테 화났잖아. 그럼 나한테 화내면 되지 우리 수인이한테 이러면 안 되는 거야."

아수라장 같던 지난날의 일들이 다시 떠오른다. 그저 담담히 현실에 적응해 살고 있던 신해숙에게 다시금 칼날이 환부를 찌른다. 애써 기억을 지우기 위해 질끈 눈을 감아보지만 소용이 없다.

"뭐가 이러면 안 되는 건데? 제발 철 좀 들어 철 좀! 당신까지 왜 이러는 거야! 애 저렇게 놔두면 나중에 어떻게 될지 몰라서 그래? 어?"

"당신 수인이 야구하는 거 가서 본 적 있어?"

"뭐?"

"수인이 고등학교 들어가서 야구하는 거 한 번이라도 가서 본 적 있냐고!"

신해숙은 남편의 말에 아무런 대꾸도 하지 못한다. 마치 자신을 나쁜 사람으로 만드는 것 같아 억울하지만 딸이 고등학교에 들어간 뒤로 경기장에 한 번도 찾아가지 않은 건 사실이었다.

"우리 수인이……. 거기 있는 것만으로도 힘든 애야. 그거 알아? 어? 거기 그냥 있는 것만으로도 힘든 애라고……. 그럼 우리가 도와줘야지 우리가 부모니까! 다른 사람들처럼 말리는 게 아니라 우리가 도와줘야 되는 거라고!"

새벽녘, 신발장 여는 소리에 방에서 나온 주귀남은 부모 몰래 집을 나서는 딸과 마주했다. 아직 잠도 덜 깬 눈을 하고 있던 딸은 오랜만에 밝게 웃고 있었다. 이렇게 이른 시간에 어딜 가느냐고 묻지 않아도 알 수 있었다. 딸이 지난 몇 주간 프로 입단 테스트를 받기 위해 혼자서 연습을 하고 있다는 건 알고 있었지만 그날이 오늘인 줄은 주귀남은 모르고 있었다.

주귀남은 아내에게 눈물을 보이기 싫어 급히 도망치듯 방으로 사라진다. 신해숙은 할 말이 많았지만 울음까지 참아가며 말하는 남편에게 그렇게까지 하고 싶지는 않았다. 감정이 섞인 말싸움 같지만 조금 전 남편의 모습은 사실 호소에 가까웠다.

거실에 혼자 덩그러니 서 있던 신해숙은 소파에 걸터앉아 남편이 퍼붓고 간 말의 흔적들을 주워 담는다. 신해숙이 주수인의 경기에 찾아가지 않았던 건 생활에 치여 시간을 내기가 힘들기도 했지만 남자들 틈에 섞여 애를 먹고 있는 딸의 모습을 굳이 보고 싶지 않아서였다. 먹고사는 것도 빡빡해 하루하루가 힘들고 지치는데 애써 마음을 다치게 하고 싶지 않았다. 자신은 야구가 아니더라도 신경 쓸 것이 너무나 많고 부모로서 최선을 다하고 있다고 신해숙은 생각하고 있었다. 아침부터 저녁까지 자신이 하는 모든 일과가 그걸 증명해주고 있었다. 어쩌면 지금 주수인에게 필요한 진짜 부모 역할은 저 철없는 남편의 모습일지도 모른다는 생각이 들었다.

신해숙은 흘려들었던 주수인의 테스트 이야기를 떠올린다. 남자들과 섞여 프로 입단 테스트를 받는 주수인을 생각하니 신해숙은 다시 가슴이 먹먹해진다.

①

　최진태가 접수한 서류를 확인하는 동안 화장실에서 학교 유니폼으로 갈아입은 주수인은 복도에 나와 앉아 있었다. 트라이아웃에 참가하는 선수들은 대기실에서 각자의 유니폼으로 갈아입지만 주수인은 이번에도 화장실을 이용할 수밖에 없었다.

　복도에 들어선 최진태는 혼자 앉아 있는 주수인을 바라본다. 추운 날씨에도 굳이 대기실이 아닌 복도에 나와 있는 건 몸에 배어 있는 행동이었다. 리틀 야구 시절부터 남자들과 대기실을 같이 써야 했던 주수인은 자신의 존재가 다른 사람들에게 피해가 된다는 생각에 늘 그 자리를 피해 있었다.

　최진태는 혼자 있는 주수인 옆으로 다가와 앉는다. 각자 다른 유니폼을 입은 선수들이 복도를 지나치며 신기한 듯 주수인을 힐끔힐끔 쳐다본다.

　"추운데 들어가 있지. 왜 나와 있어."

　"그냥요……."

　최진태는 태연하게 말하지만 마음이 그리 편치 않다. 그렇다고 자신이 무언가를 해줄 수 있는 게 아니니 그도 말을 아낄 수밖에 없다.

　복도에는 주수인과 최진태, 그리고 대기실에서 오가는 몇 명의 선수들 외에도 다른 사람이 한 명 더 있다. 그 사람 역시 눈에 잘 띄지 않기 위해 복도 끝자리에 자리를 잡고 스트레칭을 하고 있다. 검게 그을린 피부에 키와 체격이 주수인보다 훨씬 더 크다. 최진태는 며칠 전 김진규에게서 저기 복도 끝에 있는 선수에 대해 들은 적이 있었다.

"저긴 미국 아마추어 출신 타자래."

주수인은 몸을 뒤로 젖혀, 휘어진 복도 끝에서 스트레칭을 하고 있는 사람을 본다. 놀랍게도 여자 선수다.

"정제이미라고, 저 친구도 참가하는 데 힘들었나 봐."

주수인은 최진태의 말에 다시 시선을 거둔다. 동질감을 느끼지만 애써 표현을 감춘다. 최진태 역시 더 이상 말을 이어가진 않는다. 이제 몇 분 후면 많은 선수들이 지금까지 훈련한 결과물을 놓고 싸움을 이어가야 한다. 그러기 위해선 지금은 다른 건 지워버리고 잠시 쉬어 두는 게 좋다.

⊘

연습구장으로 쓰는 야구장은 생각보다 규모가 그리 크지 않다. 어차피 시합을 뛸 게 아니니 그리 큰 구장에서 진행을 할 필요가 없었다. 각각 다른 유니폼을 입은 선수들은 대략 30명 정도다. 이 중 주수인과 정제이미를 제외하면 모두 남자 선수들이다.

트라이아웃에 참가할 선수들은 1루 쪽 덕아웃에 모여 있다. 대부분 아는 사이인지 같은 테스트에 참가한 경쟁자들임에도 서로 농담을 주고받으며 조금은 소란스러운 모습이다.

테스트는 타자부터 진행된다. 우선 홈베이스에서 1루, 2루에서 3루, 3루에서 다시 홈베이스까지 달리는 속도를 체크한다. 육상처럼 0.1초에 승패가 가려지는 그런 테스트가 아니기에 참가자를 비롯해 이를 기록하는 김진규와 코치 또한 아직까지는 조금은 여유가 있어 보인다. 주수인은 덕아웃에서 나와 스트레칭 같은 가벼운 운동을 하며 타자들의 테스트를 구경하고 있다. 이곳에 모인 사람들 중 오히려 가장 긴장한 사람은 최진태다. 관중석에 올라간 그는 이리저리 자리를 잡지 못하고 서성이다 다시 자리를 잡고 앉기를 반복하고 있다.

"코치님!"

최진태는 관중석으로 들어오는 입구를 바라보자 이정호와 낯선 아주머니 한 명이 있다. 신해숙이다. 참가 선수들의 가족들로 보이는 사람들이 몇 명 있긴 하지만 그래봤자 10명도 되지 않는 인원이다. 이정호와 신해숙, 두 사람은 최진태가 있는 관중석 안쪽으로 걸어간다.

"저, 이쪽은 주수인 어머니세요."

"아, 네. 안녕하세요. 우선 이쪽으로 앉으시죠."

어색하게 인사를 주고받은 세 사람은 동시에 자리에 앉는다.

긴장한 세 사람 중 신해숙의 얼굴에선 근심이 가득하다. 주수인이 지금 어디서 어떤 테스트를 받는지 알기 위해 어릴 때 친구였던 이정호의 집까지 찾아갔다. 이정호가 도와줘 오긴 했지만 신해숙 입장에선 사실 영 내키지 않는 자리기도 했다. 딸은 오늘도 고군분투할 것이고 그 모습을 지켜보는 신해숙 자신의 마음은 또 찢어지듯 아플 게 뻔해 보였다.

관중석 아래 경기장에서는 타자들의 기초 체력 테스트가 끝났는지 덕아웃으로 들어오는 선수들의 움직임이 많아진다. 그렇다면 이제 드디어 투수 테스트가 진행될 차례다.

투수 역시 1차 테스트는 타자와 크게 다르지 않게 간단한 방식으로 진행된다. 마운드에 선 A고교 유니폼을 입은 투수는 코치의 지시에 따라 구질과 방향에 맞춰 홈베이스에 있는 포수에게 공을 던진다. 코치 옆에 서 있는 김진규는 스피드건으로 구속을 체크한 후 호명한다. 투수에게는 총 3번의 기회가 주어지고 1차 테스트가 끝난 후 2차 테스트에서는 곧바로 타자와 1대1을 겨루게 된다.

"커브 129km. 자. 다음 정제이미."

김진규의 지시에 덕아웃에 있던 정제이미가 나와 좌타 타석에 선다. 커다란 몸집과 부리부리한 눈은 여느 프로 선수 못지 않은 매서움을 지니고 있다. 마운드에 선, A고교 유니폼을 입은 투수는 팔을 뻗어 크게 스트레칭을 한다. 아무래도 조금 전과는 사뭇 다른 분위기다. 혼자서 테스트를 받을 때는 느낄 수 없었던 긴장감이 그라운드에 감돈다.

A고교 유니폼을 입은 투수의 첫 번째 공은 스트라이크 존을 크게 벗어나는 아래로 떨어지는 커브다. 정제이미가 몸을 움찔하지만 방망이는 나가지 않는다. 이번이 첫 번째 대결도 아닌데

덕아웃에 선수들은 마치 실제 경기를 구경하듯 진지한 얼굴로 두 사람을 지켜본다.

A고교 유니폼을 입은 투수의 두 번째 공에 정제이미의 배트가 나간다. 직구로 날아오는 공이 이번에도 스트라이크 존을 벗어나 위로 몰리는 듯 보였는데 정제이미가 이를 놓치지 않았다. 1루 쪽 뒤로 넘어가는 중전 안타에 덕아웃에 있던 참가선수들이 박수를 친다. 주수인 역시 사람들의 환호에 동참한다. 정제이미는 그제야 긴장하고 있던 얼굴이 조금 풀린 듯 보인다.

정제이미가 덕아웃에 들어오자 다음 순서를 챙기던 김진규가 크게 소리친다.

"다음, 투수 주수인."

손목에 감긴 밴드를 풀던 정제이미가 주수인을 바라본다. 관중석에 있던 최진태 역시 자리에서 난간 앞까지 걸어 나와 그라운드를 내려다본다. 드디어 시간이 왔다. 주수인은 커다란 파도 속으로 들어가는 한 마리 고래처럼 크게 숨을 몰아쉬며 그라운드로 나선다. 덕아웃은 다시 웅성거리기 시작한다. 정제이미도 모자라 이젠 여자 고등학생 투수라니. 트라이아웃 참가자들 사이에서 헛웃음이 터져 나온다.

주수인이 마운드에 오르자 코치가 다가와 공을 건넨다. 50대 초반쯤으로 보이는 코치는 여느 아저씨들과 다르게 선한 미소를 지니고 있다.

"스트라이크 존에 맞추고 지시하는 구질이 연습 안 됐으면 다른 거로 던져도 됩니다. 알겠죠?"

"네."

"그럼 시작하죠. 좌측 아래 패스트."

한 발 물러난 코치를 보며 김진규는 스피드건을 든다. 최진태는 속이 타들어간다. 땀이 난 손을 이리저리 문지르는 모습에 지켜보는 사람이 더 초조해질 지경이다.

주수인은 와인드업 후 안정적인 자세로 공을 던진다. 자세히 보면 한 달 전보다 투구 폼이 조금 변해 있다. 우투인 주수인은 공을 던진 후 오른발을 크게 차는 버릇이 있었는데 자세로 인한 체력 소모가 크다는 최진태의 조언에 자세를 교정했다. 지금은 예전만큼 오른발을 들어 올리진 않는다.

"패스트 134km."

덕아웃에서 옅은 웃음소리가 들린다. 직구가 134? 그 정도 실력으로 트라이아웃에 참가했냐는 덕아웃 선수들의 반응에 오히려 신경이 쓰이는 쪽은 같은 공간에 앉아 있는 정제이미다. 미간이 찌푸려진 정제이미는 다시금 눈이 매서워진다.

"다음은. 우측 슬라이더."

슬라이더는 투수와 같은 손을 쓰는 타자를 상대할 때 유용하게 쓰이는 구질이다. 투수가 던진 공은 처음에는 직구처럼 정면으로 날아가지만 어느 순간 타자의 바깥쪽으로 빠져나가 쉽게 헛스윙을 유발할 수 있어 투수들 사이에선 가장 많이 쓰는 구질 중 하나이다.

호흡을 크게 머금은 주수인의 두 번째 공이 날아간다. 슬라이더라 할지라도 제구력은 누구에게도 뒤지지 않아 공에 자신감이 붙어 있다.

"슬라이더 117."

덕아웃에서 참가자들의 웃음소리가 조금 더 커진다. 보통 프로 선수들의 슬라이더 구속은 130km에서 많게는 145km이다.

"자. 마지막 좌측 상단 커브."

덕아웃에서 들려오는 웃음소리를 무시하려 하지만 시선이 가는 건 어쩔 수 없다. 그렇다고 해서 집중이 풀어진 건 아니다. 주수인은 다시 호흡을 가다듬는다. 낙차가 큰 커브를 굳이 상단으로 던지라고 하는 걸 보면 변화구를 컨트롤 하는 제구력도 함께 보려고 하는 것 같다.

"커브 101km."

노골적으로 들려오는 덕아웃의 웃음소리를 주수인은 애써 무시한다. 다른 사람들도 이를 느끼는지 선한 인상의 코치가 다가와 주수인의 어깨를 다독인다.

"구속은 느려도 볼 끝은 살아 있네."

"아……. 감사합니다."

코치가 마운드를 내려가자 김진규는 주수인과 상대할 선수인 황승철을 부른다. 타자가 이길 것이 뻔해 보이는 대결에 부러움으로 덕아웃에서는 환호가 일어난다. 무례한 환호다. 정제 이미를 의식할 법도한데 참가자들은 아랑곳하지 않는다.

황승철은 기분 좋은 얼굴로 오른쪽 타석에 선다. 배트를 가볍게 돌리는 모습에서 그가 주수인을 어떻게 생각하는지가 느껴진다. 주수인의 공쯤은 가볍게 날려버릴 수 있다는 듯 폼을 잡는다.

심판의 "플레이" 소리가 그라운드를 울린다. 주수인은 자신을 비웃는 황승철과 서로 마주한다. 우선 첫 번째 공은 슬라이더다. 우타인 황승철의 바깥쪽 아래 깊은 곳으로 찔러 타자의 스윙 타이밍을 확인해볼 생각이다. 만약 배트에 공이 맞더라도 안타는 불가능하다. 타자가 느린공에 맞춰져 있지 않은 타입이라면 나머지 두 공은 모두 직구로 승부를 본다.

주수인은 와인드업과 동시에 3개의 공을 던진다.

헛스윙.

헛스윙.

헛스윙.

아웃을 외치는 심판의 목소리가 다시 한번 더 그라운드를 울린다. 황승철은 온 힘을 다해 마지막 스윙을 하다가 타석에 넘어지는 굴욕까지 보인다. 그는 여자라고 너무 얕잡아 봤다는 때늦은 후회를 해보지만 이젠 아무 소용 없었다. 이를 지켜보던 참가자들 사이에선 어느덧 웃음기가 사라지고 정제이미는 넋이 나간 표정으로 덕아웃 앞으로 걸어 나온다. 지금까지 미국에서도 이 정도의 공을 던지는 여성은 보지 못했다. 이런 선수가 이제 막 고등학교를 졸업하는 선수라니, 믿기지가 않는다.

주수인의 투구를 보며 놀란 건 참가자들뿐만이 아니었다. 3루 덕아웃 쪽에 앉아 이를 지켜보던 A팀 김 감독도 주수인의 공에 흥미를 느끼기 시작했다. 그의 손짓에 김진규가 달려온다.

"쟤가 고등학교 야구부에 갔다는 여자애야?"

"네."

"방금 공 세 개 구속이 어떻게 돼?"

"직구는 130km대고 변화구는 100km 초반이에요."

"그것밖에 안 나오는데 타자는 왜 건들지도 못해?"

한 걸음 물러나 있던 코치가 다가온다. 볼의 회전력을 알아보는 눈은 누구나 다 가질 수 있는 게 아니었기에 혹시라도 김진규가 그저 타자의 실수로만 이야기할까 걱정이 되어서다. 코치는 주수인이 던지는 공의 힘을 알고 있었다.

"볼 회전율이 월등히 좋은 거 같아요."

"뭐?"

"아마 타석에 서면 훨씬 더 빨라 보이겠죠."

"재미있네……."

김 감독은 마치 예능 프로그램을 보는 듯 주수인을 주시한다. 그러다 문득 오늘 트라이아웃을 구경온 프로야구 선수 안성찬이 생각난다.

김 감독은 3루 덕아웃에 앉아 동료와 농담이나 주고받고 있는 안성찬을 돌아본다.

"야. 너 올해 얼마 받았어?"

"네? 저……. 저요?"

"그래 너 인마! 얼마 받았어?"

올해로 프로 8년차인 안성찬은 FA 신분으로 팀에 잔류를 결정한 선수이다. 키 189cm에 몸무게 100kg의 거구인 그는 팀의 간판타자까지는 아니지만 나름 구단의 신뢰를 받는 선수 중 한 명이었다. 문제라면 그의 거만하고 다소 마초적인 성격인데 상대팀 선수와의 마찰로 인해 협회 측으로부터 수천만 원의 벌금을 물은 전적도 있었다. 오늘 포수를 봐주는 김형수를 따라 왔다곤 하지만 보통의 프로 선수라면 아마추어 선수들 앞에 자신을 드러내길 꺼려하는 반면 과시욕에 있는 안성찬은 오히려 이를 즐기고 있는 듯 보였다. 김 감독이 안성찬에게 연봉을 물어본 건 어쩌면 그가 가진 거만함을 억누르려기 위함인지도 모른다.

"연봉이요? 그……. 1년에……. 시……. 십……."

"됐으니까 네가 한번 나가봐."

김 감독의 말을 농담으로 받아들인 안성찬은 자기도 모르게 웃음을 흘린다.

"예? 에이. 감독님! 왜 그러세요. 에이."

"이 새끼가 진짜……."

주변에 있던 모두의 예상과 달리 김 감독이 정색한 얼굴로 안성찬을 바라보자 이를 지켜보던 김진규는 슬쩍 자리를 피해 버린다. 평소 농담이라곤 모르는 사람 앞에서 장난치듯 대꾸했으니 뒷감당은 안성찬의 몫이었다. 상황이 이러니 안성찬도 딱히 어떻게 할 방법이 없어 보인다. 그는 입고 있던 점퍼를 벗고 할 수 없이 배트를 집어 들어 타석으로 나선다.

안성찬이 타석으로 걸어 나오자 덕아웃이 술렁이기 시작한다. 갑자기 안성찬을 타석에 올리는 이유가 뭘까? 최진태는 혹시나 하는 마음에 지켜봤지만 프로 선수가 타석에 오르는 건 용납할 수가 없다. 경기장 안은 술렁이고 뛰어 내려가는 최진태를 보니 신해숙은 다시 걱정이 밀려온다. 지금 무슨 일이 일어나고 있는지 잘 분간이 되진 않지만 딸이 마운드 위에 홀로 서 있는 건 분명했다.

안성찬의 등장으로 조용해진 그라운드 안에 최진태의 목소리가 울린다.

"지금 뭐하시는 거예요!"

김 감독에게 달려드는 최진태를 김진규가 막아서지만 크게 소용이 없다.

"놔봐 인마! 이게 지금 선수 데리고 장난치는 거지 뭐야?"

"아니야. 그런 거 아니니까 진정해."

"감독님! 고생해서 트라이아웃 참가한 선수한테 이런 식으로 장난이나 치고, 프로 수준이 이거밖에 안 됩니까?"

"자네가 저 친구 코치야?"

"네. 그런데요! 왜요?"

"그럼 방해하지 말고 던지는 거나 봐."

김 감독의 매섭고 단호한 어투에 최진태는 흥분을 내려놓는다. 그저 장난으로 프로 선수를 타석에 올려 보낸 게 아닌 것 같다는 생각이 그를 진정시킨다. 사태가 수습되자 두 사람 사이를 가로막고 서 있던 김진규도 제자리로 돌아가 큰 소리로 다시 시작을 알린다.

"자자! 시작해! 플레이!"

트라이아웃이 다시 시작되지만 정작 당사자인 주수인은 아직 준비가 되지 않았다. 갑자기 튀어나온 프로 선수에 주수인은 적잖이 당황한다. 어쩌면 자신을 둘러싸고 비웃는 사람들 사이에서 생겨난 열등감인지도 모른다. 여기 있는 사람들 모두가 다 한패가 되어 자신에게 망신을 주려는 의도가 있는 건 아닌지 의심까지 든다. 최진태를 바라보지만 그 역시 뾰족한 수가 없는 것처럼 보인다.

트라이아웃이 진행되는 그라운드 안에서 지금 주수인을 가장 잘 이해하는 사람은 정제이미다. 그녀는 10년 전 한국 프로 야구팀에서 입단 테스트를 받은 적이 있었다. 그때 당시 사람들은 자신의 실력보다는 오로지 여성이라는 성별만 쳐다보고 있었다. 어딜 가든 정제이미를 그냥 야구 선수가 아닌 '여자 야구 선수'로 소개하는 것도 같은 이유라고 그녀는 생각했다. 사람들에게는 '여자 야구 선수'는 야구 선수와는 다른 종류의 선수였다. 여자는 야구 선수에 속할 수 없다는 것을 명확히 취하는 태도였다. 한국에서도 이제 미국과 일본처럼 야구를 하는 여성들이 많아졌다곤 하지만 사람들의 시선까지 변하지는 않았다는 걸 정제이미는 오늘 다시 한번 더 느낀다. 그래도 희망이 없는 건 아니다. 저기 마운드 위에 서 있는 주수인이라는 선수가 미래가 될 수 있다. 주수인의 실력에서 희망이 보인다.

정제이미는 자신들끼리 수군대는 남자들 사이에서 한 걸음 더 나와 두 손을 모은 뒤, 크게 소리친다.

"주수인 파이팅!"

정제이미 목소리는 펜스를 받고 나와 메아리와 함께 이내 사라져 버린다. 그라운드에서는 다시 정적이 감돈다. 사람들 모두 정제이미를 쳐다보지만 그녀의 시선은 주수인만을 응시하고 있다. 주수인과 정제이미가 처음으로 눈을 맞춘다.

"주수인! 연습한 대로만 하면 돼!"

이번엔 최진태가 정제이미의 목소리에 힘을 싣는다. 응원을 보내면서도 지금까지 함께했던 훈련의 시간을 담은, 코치의 역할도 잊지 않은 한마디였다.

주수인은 두 사람의 응원에 모자를 다시 고쳐 쓴다. 그래, 프로에 가면 어차피 상대해야 될 사람들이다. 지금 실력으로도 충분히 이길 수 있다. 항상 그래왔던 것처럼 연습한 대로 한다면 못 이길 상대는 없다.

주수인은 글러브 안에 오른손을 넣어 너클볼 그립을 잡는다.

마운드를 차며 올라가는 주수인의 왼발이 다시 먼지를 일으킨다. 앞으로 쭉 뻗어나간 왼쪽 다리는 금세 다시 땅에 닿아 크게 팔을 휘두르는 주수인의 무게를 견뎌준다. 지금까지 숨겨왔던 주수인의 첫 번째 너클볼이다. 투구의 모습으로는 지금의 공이 무슨 구질인지 전혀 알 길이 없다.

날아오는 공에 포수는 크게 당황한다. 조금 전처럼 변화구나 던질 줄 알았더니 공이 회전을 하지 않고 공기 위에 떠서 부유하듯 날아와 어느 방향으로 갈지 전혀 예측이 되지 않는다. 결국 포수 김형수는 스트라이크 존을 통과한 주수인의 너클볼을 잡지 못한다.

"스트라익!"

"아이 씨 뭐야……. 잠시만요. 타임! 타임!"

김형수는 포수 마스크와 글러브를 벗고 야구용품이 쌓여 있는 3루쪽 덕아웃으로 걸어간다. 상황을 모르는 김진규는 김형수에게 다가가 타임을 외친 연유를 묻는다. 일반적으로 포수가 먼저 타임을 외치는 상황은 극히 드물기 때문이다.

"형수야. 왜?"

"아니 미트 큰 걸로 바꿔야 돼요. 아이 씨 존나 깜짝 놀랐네."

"야. 겨우 100km 되는 것도 못 잡아서 그걸 바꿔?"

"그게 아니라 너클볼 던지잖아요. 너클볼만 받는 전문 포수도 작은 미트로는 못 받아요."

많진 않지만 외국에서는 오로지 너클볼만을 전문으로 던지는 투수도 있다. 그 선수가 마운드에 올라올 때면 자연스레 포수도 함께 교체되는데 이는 너클볼만 전문으로 받는 포수다.

멀리서 들려오는 김진규와 김형수의 대화에 김 감독은 근엄한 얼굴과 어울리지 않게 즐거운 웃음이 번진다. 그의 성격상 미소의 의미가 부정을 뜻하진 않는 듯 보인다. 호랑이라는 별명답게 그는 평상시 웃는 일이 거의 없었다.

김형수가 베이스에 앉자 경기는 다시 시작된다. 주수인은 야구공을 손톱으로 찍어 너클볼 그립을 만든다. 반면 타석에 선 안성찬은 주수인이 그저 귀엽기만 하다. 너클볼? 한국 프로야구 선수의 수준을 너무 과소평가하고 있다. 그딴 건 부상당한 선수들이나 던지는 공이다.

주수인의 두 번째 공이 포수의 글러브 안으로 들어온다. 안성찬의 멋들어진 스윙은 허공을 갈라 크게 바람을 일으킨다. 생각보다 타이밍 잡기가 만만치가 않다. 공을 받은 김형수 또한 놀란 얼굴로 주수인을 바라본다.

대부분 선수들은 캐치볼을 할 때 장난으로 너클볼을 던지곤 한다. 일반인들은 너클볼을 마치 마구처럼 생각하는데 프로 선수들은 너클볼을 그저 타격 연습용 공에 불과하다고 생각했다. 그런데 주수인의 너클볼은 자신들이 장난으로 던지는 그런 공과는 차원이 다르다. 이건 마치 무중력 상태에서 우주선이 떠다니는 듯 날아온다.

이제 투 스트라이크다. 주수인은 타자가 아직 자신의 공에 타이밍을 못 잡고 있다는 걸 눈치채고 있다. 이제 한 번만 더 스윙을 유도하면 보기 좋게 삼구 삼진이다. 주수인은 이번에도 다시 너클볼 그립을 잡는다.

투 스트라이크로 코너에 몰린 안성찬 입장에선 주수인이 다시 한번 더 너클볼을 던질 경우 무조건 배트를 휘둘러야 한다. 너클볼 특성상 공이 어디로 옮겨갈지 몰라 그냥 그대로 두고 보면 루킹 삼진을 당할 수도 있다. 그런 굴욕을 피해야 한다. 집중이 필요하다. 망신을 안 당하려면 파울이라도 만들어서 너클볼 타이밍에 익숙해져야 한다.

다시 한번 주수인의 공이 날아간다. 공은 다시 공중에서 부유하듯 움직이고 포수 김형수는 신경을 집중한다. 타이밍에 맞춰 글러브를 뻗어 보지만 이번엔 안성찬의 배트가 먼저 공을 낚아챈다.

안성찬의 배트에 맞은 공은 트라이아웃 참가 선수들이 있는 1루쪽 덕아웃으로 날아간다. 공의 속도가 너무 빨라 하마터면 누군가 한 명은 공에 얼굴을 맞을 뻔했다.

"오케이! 감 잡았고!"

안성찬의 얼굴에 다시 비웃음이 떠오른다. 프로 선수에게 파울은 완전한 실수가 아닌 가끔은 전략으로 쓰이기도 했다. 일부러 파울을 만들어 투수의 투구 수를 늘리고 공에 대한 감을 익혀 타이밍을 맞추는 데 파울을 활용하기도 한다. 안성찬은 평소 그의 성격답게 자신감이 붙는다. 김 감독은 무슨 생각으로 자신을 이곳에 세웠는지는 모르지만 망신을 주려는 의도였다면 김 감독이 자신을 너무 얕잡아 봤다는 결론에 이른다.

"주수인 파이팅!"

관중석 난간 앞까지 나온 이정호가 크게 소리친다. 이번엔 트라이아웃 참가자들 중에서도 주수인을 응원하는 소리가 간간히 들려온다. 모두가 다 같은 마음은 아니지만 사람들은 프로선수와 당당하게 맞서고 있는 주수인에게 응원을 보내기 시작한다. 사람들의 응원에 신해숙의 눈에는 조금씩 눈물이 고인다.

로진백을 내려놓는 주수인은 이제 다음 투구를 준비한다. 주변을 둘러보니 이제야 사람들 얼굴이 또렷이 보인다. 조금 전까지의 긴장은 이제 사라지고 없다. 안성찬은 파울로 공을 끊을 만큼 이미 타이밍을 잡고 있다. 주수인은 마음속으로 눈을 질끈 감는다. 이변이 없는 한 승부는 지금 던지는 이 공에 달려 있다.

주수인은 어금니가 부서질 정도로 입을 꽉 깨문 채 정말 온 힘을 다해 공을 던진다. 신발에 묻은 흙이 파편처럼 날려 주수인의 머리 위까지 날아와 흩어진다.

배트를 움켜쥔 안성찬은 파울을 만들었을 때의 타이밍과 밸런스가 아직 몸에 남아 있다. 확신에 찬 그는 왼발을 크게 디디며 빠르고 강력한 스윙을 내뿜는다.

'탁!' 하는 경쾌한 소리가 숨죽인 그라운드를 울린다. 주수인이 던진 공은 안성찬의 배트에 맞아 높이 하늘 위로 솟구친다. 야구장에 있는 모두의 시선 또한 공의 포물선을 따라 하늘로 향하지만 태양에 가려진 공은 잘 보이지 않는다.

하늘을 바라보던 주수인은 문득 어릴 적 자신의 모습이 떠오른다. 아무도 함께 야구를 해주지 않았던 소녀는 운동장에 홀로 남아 야구공을 하늘 위로 던져야만 했었다. 자신이 던진 공을 다시 받으며 주수인은 야구에 대한 꿈을 키웠었다. 글러브 안으로 들어오는 공의 묵직한 느낌은 쓸쓸했던 소녀에게는 큰 희망이 되어주었다. 하지만 그 소녀는 이제 더 이상 혼자가 아니었다. 자신을 응원해주는 많은 사람들과 함께 야구를 하고 있었다.

잠시 구름에 가려진 태양이 옅은 햇빛을 비추자 주수인은 태양을 가리려는 듯 글러브를 하늘 위로 올린다. 그러자 안성찬이 쏘아올린 야구공은 마치 기다렸다는 듯 다시 주수인의 글러브 안으로 들어온다.

"아웃!"을 외치는 심판의 목소리가 이를 지켜보던 사람들에게서 박수와 환호를 끌어낸다. 그런데 이를 지켜보던 김 감독은 뭔가 이상한 점을 발견한다. 주수인이 마지막으로 던진 공의 궤적이 너클볼처럼 부유하듯 날아가는 것이 아니라 빠르게 일직선으로 날아간 것만 같다. 김 감독은 옆에 있던 코치에게 주수인의 공에 대해 물어본다.

"지금은 너클볼이 아닌 것 같은데?"

"직구예요. 130km."

테스트가 끝난 주수인은 마운드를 내려가며 김 감독에게 인사한다. 130km? 결국 그 느린 구속으로 프로 선수를 잡아냈다. 김 감독은 진심으로 웃음이 나온다. 영리한 피칭에 배짱까지 두

둑하다. 저기 수억 원을 받으며 자신의 힘을 과시하는 투수들과는 전혀 다른 유형의 선수다.

주수인은 덕아웃에 있는 참가 선수들에게 박수를 받으며 다시 덕아웃 구석에 자리를 잡는다.

겨울의 짧은 태양은 어느덧 산 귀퉁이에 걸려 있다. 주수인의 트라이아웃이 끝났다.

⊝

집으로 가는 길에 최진태는 신해숙의 연락을 받고 급히 발걸음을 돌렸다. 트라이아웃으로 지친 주수인은 집으로 보낸 후라 그래도 마음이 편했다. 주수인의 어머니와는 언젠가는 만나 이야기를 해야 한다고 생각했었는데 그게 오늘이 될 줄은 몰랐다.

동네에 있는 조그마한 카페에서 신해숙은 급히 들어오는 최진태와 가벼운 목례를 한다. 어색함에 목소리는 밖으로 나오지 못하고 마른침과 함께 다시 안으로 들어가 버린다. 두 사람 다 무슨 말을 먼저 해야 될지 몰라 망설이던 중 그래도 신해숙이 먼저 입을 연다.

"저……. 제가 궁금한 게 있어서요……."

"아……. 네……. 어떤……."

"지금 이렇게 프로팀에 테스트를 받고 하는 게 맞는지 잘 모르겠어요. 괜히 애한테 희망만 주는 게 아닌가 싶기도 하고……. 여자애가 그런 게 가능한지도 모르겠고…….”

“다른 건 몰라도 프로에 입단할 가능성만 보면 아주 희박해요.”

“네?”

신해숙은 자신의 기대와 정반대의 대답을 내놓는 최진태를 쳐다본다. 지금까지 딸을 지도해 온 사람이라면 누그러진 자신의 마음에 미약한 희망이나마 안겨줄 거라 생각했다. 프로에 가는 게 그렇게 힘든 일이라면 왜 지금까지 훈련을 시켰단 말인가. 그런데 이상하게도 신해숙은 마음처럼 입이 떼어지지 않는다. 그게 어쩌면 다 자신이 딸을 응원해주지 않아서인 것 같아 죄책감이 말려온다.

“근데 그게 수인이가 여자라서 그런 건 아닌 것 같아요. 좀 전에도 보셨잖아요. 프로 선수 되기 어려운 건 남자도 똑같아요.”

신해숙은 딸이 가지고 있는 재능을 항상 의심했었다. 사람들이 딸을 보며 천재라 부르고 여자는 가지 못하는 고등학교 야구부에 들어갔을 때도 신해숙은 그 재능을 믿지 않았다. 여자애가 남자들을 상대로 야구를 한다는 건 성립초차 되지 않는 대결이라고 생각했었다. 그 아무리 천재라 하더라도 지극히 평범한 성별의 장벽은 넘지 못할 거란 게 신해숙의 생각이었다.

최진태는 고민하는 신해숙을 바라보다 다시 말을 이어간다.

“제가 뭐라 말씀드려야 할지 모르겠지만……. 우선 그냥 믿고 한번 맡겨 보는 건 어떠세요? 수인이는 자기가 못 한다는 말을 한 번도 한 적 없거든요. 근데 저희가 먼저 못 한다고 정해버리면……. 그러면 안될 것 같아서요."

딸이 자신과 같은 삶을 사는 걸 원치 않기에 조금 더 비전이 보이는 일을 시키려고 했었다. 그런데 그게 오히려 자신과 같은 삶을 살게 만드는 거란 걸 신해숙은 이제야 알게 됐다. 돈을 번다는 건 지금 자신이 충분히 할 수 있는 일이다. 딸이 다른 능력을 가졌다면 그 능력을 키워주는 게 부모가 해야 할 일이었다.

ⓢ

불 꺼진 방 안에 혼자 앉아 있는 주수인은 집엔 어떻게 왔는지 기억도 나질 않았다. 머리에서는 조금 전 자신의 투구가 계속해서 맴돌고 있다. 아직도 온몸에 긴장이 풀리지 않아서 그런지 트라이아웃 현장이 생각났다. 한쪽 구석에 너부러진, 흙과 로진백의 먼지가 그대로 묻어 있는 유니폼이 지금 자신의 공허함을 말해주는 것만 같았다.

도어락 열리는 소리에 주수인은 숙이고 있던 고개를 든다. 기다리던 엄마가 온 것 같다. 최진태와 이야기를 한다고 들었는데 마음이 편치 않다. 아무래도 폭풍이 다시 몰아칠 것만 같은 불안이 밀려온다.

주수인은 바닥에서 일어나 급히 이불 안으로 몸을 숨긴다. 신혜숙이 방 문을 열고 들어왔지만 주수인은 등을 돌린 채 자는 척을 한다. 하지만 신혜숙은 개의치 않고 주수인의 옆으로 다가와 침대에 걸터앉는다.

불 꺼진 방안에 두 사람의 숨소리만 희미하게 흐른다. 신해숙은 등 돌린 딸을 물끄러미 내려 보다 천천히 입을 연다.

"예전에 네가 지금 수영이보다 어릴 때……. 지하철 타고 집으로 오는데 말이야. 앞에 앉은 애가 아이스크림 먹는 걸 네가 빤히 쳐다보는 거야. 그러다가 지하철은 멈추고, 이제 내려야 되는데 너는 내가 가는 줄도 모르고 아이스크림 먹는 애를 계속 쳐다보잖아."

"그래서?"

주수인은 궁금함을 참지 못하고 자는 척을 포기한다.

"마음 같아서는 똑같은 거 하나 사주고 싶은데……. 주머니에 돈은 없고……. 그래서 엄마가 어떻게 한 줄 알아?"

"몰라. 기억 안 나."

"내가 네 팔을 막 끌어당기면서 저런 거 보면 나쁜 사람이라고 엄청 혼냈었어. 지하철 안에 사람들 다 있는 데서. 주머니에 돈이 없어서 화가 난 걸 너한테 다 뒤집어씌웠었어."

신해숙의 먹먹한 목소리와 깊은 한숨이 그때의 심정을 말해주는 것만 같다. 주수인은 기억나지 않는 어린 시절을, 그때의 엄마 목소리를 떠올려보지만 잘되지 않는다. 아무에게도 말하지 못한 부끄러운 본심을 말해서일까, 신해숙은 등 돌린 딸을 바라보다 자리에서 일어난다.

주수인도 더 이상 말을 하지 않았다. 그저 모른 척 이야기를 들어주는 것만으로도 자신의 역할을 다 하는 거란 걸 알고 있었다. 훈련과 함께 성장한 야구 실력만큼이나 어느새 주수인은 어른이 되어 있었다.

방을 나가려던 신해숙은 문 앞에서 다시 딸을 바라본다.

"엄마가 미안해⋯⋯."

과거와 현재의 두 딸에게 한 사과다. 그녀의 가슴 한 편에 자리 잡은 시린 기억 속에서 정말 상처를 입은 건 딸이 아니라 엄마였던 것 같다.

신해숙이 방에서 나가자 주수인은 그제야 침대에서 일어난다. 신해숙이 앉아 움푹 들어간 자리와 조용히 닫힌 문은 주수인을 더 쓸쓸하고 미안하게 만든다. 트라이아웃이 끝나자 기쁨보단 슬픔이 주수인을 감싸고 있다.

①

"아빠 뭐 해?"

"응? 아니, 그냥⋯⋯."

엄마가 출근한 이른 아침, 평상시라면 늘 자고 있던 아빠가 일어나 있다. 그러고 보니 아빠가 경찰서에 다녀온 지 벌써 한 달이 훌쩍 넘었지만 그동안 대화다운 대화는 거의 한 적이 없었다. 아빠는 딸의 눈치를 봤고 딸은 그런 아빠가 불편할까 괜히 함께 있는 자리를 피해 다녔다. 겨울방학 마지막 날, 딸은 아빠의 뒷모습이 안쓰러워 옆으로 다가와 앉는다. 뭐가 잘 안되는 건지, 아니면 눈이 잘 안 보이는 건지, 아빠는 휴대폰을 가까이 가져다 대며 버튼을 깨작거린다.

"아빠."

"응?"

"나 프로 선수 되면 아빠가 나 에이전시 할래?"

"아빠가 그런 걸 어떻게 해."

"왜? 아빠 협상의 달인이잖아. 아빠가 막 무릎 꿇고 매달려서 20년 만에 고등학교 여자 야구 선수도 나온 거잖아."

주귀남은 들여다보고 있던 휴대폰을 내려놓는다. 사실 주수인의 말처럼 고등학교 야구부에 여자아이가 들어올 수 있었던 건 주귀남의 애끓는 부정 때문이었는지도 모른다. 그는 야구부가 있는 전국의 모든 고등학교를 돌아다닌 건 물론 학교를 방문할 때마다 부탁과 협박, 결국에는 무릎을 꿇으면서까지 애원했었다. 화양고등학교는 때마침 새롭게 신설된 야구부를 홍보할 방법이 필요했고 그 학교에는 박 감독이라는 괴짜도 있었기에 입학을 할 수 있었다. 만약 이런 우연과 행운이 맞물리지 않았다면 주수인은 아마 중학교 단계에서 야구를 그만둬야 했을지도 모를 일이었다.

주수인은 금세 시무룩해진 아빠를 바라본다. 자신의 무능함과 부정 시험에 대한 부끄러움이 아직까지 남아 있는 모습이다.

"아빠. 그건 뭐야? 내가 해줘?"

"아…… 응. 무슨 어플리케이션 깔라고 하는데……. 뭐가 뭔지 잘……."

"대리운전? 내가 해줄게. 줘봐."

아직 해가 들어오지 않은 방 안에서 두 사람은 휴대폰을 들여다보며 나란히 앉아 있다. 주수인의 고등학교 마지막 겨울방학이 끝이 나고 있었다. 이제 내일이면 주수인은 개학과 함께 고등학교 야구부 생활을 정리해야 한다.

8

개학을 맞이한 교실에선 주수인의 트라이아웃 소식으로 떠들썩했다. 으레 주수인을 구박하던 담임선생은 반 아이들의 들뜬 마음에 일조하고 있었다. 담임선생은 프로에 갈 수 있는 거냐고 대놓고 묻기도 했다. 담임선생은 어른이지만 다른 학생들보다 더 철이 없어 보였다.

미지의 세상으로 나간다는 희망을 품은 다른 학생들처럼 주수인은 마냥 웃을 수만은 없었다. 이제는 정말 야구를 못 하게될지도 모르는 상황이라 졸업이라는 단어 앞에 선 주수인은 불안이 더 커져만 갔다.

"그럼 이제 훈련은 더 안 해도 되는 거야?"

"잘된 것처럼 말한다?"

속도 모르는 한방글은 그저 친구가 힘든 훈련을 하지 않아도되니 마음이 놓인다.

아무도 없는 실내체육관 단상에 두 사람은 나른하게 앉아 있다. 덥거나 추운 날이면 몰래 체육관 문을 열어 이곳에 캐치볼을 하러 왔지만 오늘은 애꿎은 배구공만 신나게 차며 학교에서의 마지막 시간을 때우는 중이었다.

"그럼 아니냐? 손에 피까지 흘리면서 무식하게 훈련하는 사람이 어디 있어!"

"네 손이나 걱정하지?"

"내가 뭐."

"너 기타 처음 배울 때 기억 안 나? 손에 굳은 살 그거…….기타 안 치면 금방 없어진다."

당당하던 한방글이 금세 꼬리를 내린다. 주수인의 말처럼 손가락의 굳은살은 어느덧 자세히 보지 않으면 잘 보이지 않을 정도로 사라져 있다. 가수가 되기 위해 춤을 배우고 있지만 한방글이 정말 하고 싶은 건 노래와 작곡이었다. 그렇다고 해서 한방글이 댄스학원에 나가 춤 연습을 하는 걸 비난할 순 없다. 강속구 투수는 제구나 그 외 다른 구질의 컨트롤이 부족해도 프로에 갈 수 있듯 노래를 못해도 춤만 잘 추면 가수에 데뷔할 수 있는 기회가 더 쉽게 찾아오기 때문이다.

"주수인 학생은 교장실로 와주시길 바랍니다. 다시 한번 알립니다. 주수인 학생은 교장실로 와주시길 바랍니다."

"오, 주수인. 오늘 방송 타네."

"아이 씨. 왜 또 오라는 건데……."

체육관을 비롯해 교내 전체에 방송이 울리자 주수인은 지난번 교장실에 불려갔을 때가 생각난다. 그때를 생각하니 교장실에 가는 게 끔찍하게 느껴진다. 그런데 한방글의 표정이 심상치 않다. 마치 어려운 퍼즐이라도 맞추듯 반쯤 벌린 입과 눈은 하늘을 향하고 있다. 주수인은 한방글을 빤히 쳐다본다.

"야!"

한방글이 덥석 손을 잡자 주수인은 화들짝 놀라 하마터면 자리에서 일어날 뻔한다. 삽시간에 변한 한방글의 표정은 진지하고 놀란 얼굴이다. 주수인은 한방글의 지금 이 눈빛이 무엇을 말하고 있는지 알 것 같다. 학교에서는 주수인이 트라이아웃에 참가한 걸 모두가 알고 있다. 그리고 보면 지금쯤 연락이 올 때도 됐다.

두 사람은 누가 먼저라고 할 것 없이 자리에서 일어나 체육관을 가로질러 달려가기 시작한다. 넓은 운동장을 넘어 교장실 앞으로 한걸음에 도착한 주수인과 한방글은 숨을 가다듬을 새도 없이 문을 벌컥 열고 안으로 들어선다.

교장실 안에는 이미 박 감독과 교장, 김 선생까지 모두 조용히 자리를 지키고 있다. 그런데 달려온 게 무안할 정도로 교장실 안은 조용하다. 주수인에게 먼저 다가와 어깨를 두드린 사람은 얌체 같은 교장이다. 그는 주수인을 보자 라미네이트를 한 듯 하얗고 큰 앞니를 드러내며 크게 웃어 보인다.

"아이고! 그동안 참 고생 많이 했어! 학교 입장에서 보면 아주! 아주! 훌륭한 일을 한 거야!"

주수인은 지금 상황을 잘 이해하지 못해 어리둥절하기만 하다. 교장 외에 다른 사람들은 담담한 표정이다. 지금 무슨 일이 일어나고 있는지 아무런 짐작도 가지 않는다.

그때 밖에서 큰 발소리가 들리면서 교장실 문이 벌컥 열린다. 이번엔 최진태다.

"어떻게 됐어요?"

최진태 역시 주수인을 찾는 방송을 듣고 오후 훈련도 제쳐두고 급하게 달려왔다. 교장실에 있는 사람들 모두가 아무렇지도 않은 듯 행동하고 있었지만 사실은 다 같은 마음으로 지금 이 순간을 기다리고 있었다. 모두의 시선은 박 감독에게 쏠린다. 만약 구단에서 정말 연락이 왔다면 그 전화는 박 감독이 받았을 게 당연했다.

박 감독은 잠시 뜸을 들이는 가 싶더니 담담히 주수인을 바라본다.

"구단장이 좀 만나고 싶다네."

주수인의 머릿속은 바람에 흩어진 모래처럼 어디론가 사라져 아무런 생각도 나지 않는다. 구단장이 왜 자신을 만나고 싶어 하는 걸까? 그렇다면 잠시 후엔 정말 결과를 알게 되는 걸까? 텅 빈 주수인의 머리엔 아직 일어나지 않은 결과에 대한 불안이 조금씩, 그리고 천천히, 채워지기 시작한다.

◎

프로야구 경기가 진행 중인 A구단 경기장의 맨 위층이었다.

주수인은 안내원을 따라가고 있었다. 구단의 역사가 전시되어 있는 긴 복도에는 전설적인 선수들과 팀 우승의 순간들이 액자 속에 차례대로 나열되어 있다. 주수인은 복도 중앙의 커다란 구단 마크에 기가 눌린다. 숨이 멎을 것 같은 압박에 자신을 이곳에 혼자 오게 만든 최진태를 원망해본다.

복도 끝의 커다란 문을 열고 들어서자 서류를 들여다보고 있는 김진규와 김 단장이 보인다. 고급스런 사무실의 내부 역시 A구단의 역사를 고스란히 담아 놓은 사진들로 전시가 되어 있다. 생전 처음 느끼는 분위기에 놀라기도 하지만 야구장이 훤히 내려다보이는 창밖의 풍경이 주수인을 더 주눅 들게 만든다. 사무실만 봐도 이곳의 주인이 대단히 중요한 사람인 건 분명해 보인다.

자신이 부른 손님이 등장하자 김 단장은 책상에서 일어나 앞에 놓인 소파로 주수인을 안내한다.

"안녕하세요! 이쪽으로 앉으세요!"

"아……. 안녕하세요."

이제 막 50대가 된 김 단장은 외모로 보기엔 아직 40대 초반의 모습이다. 깔끔한 양복에 자연스레 넘긴 머리, 거뭇거뭇한 수염 자국은 오히려 김진규보다 더 젊고 자유분방해 보인다.

주수인은 이런 자리에 최진태 없이 혼자 온 걸 다시 한번 후회한다. 자신이 사는 곳과는 너무 다른 곳이다. 마치 외국에 혼자 온 것 같았다.

"저희 김 차장님 통해서 말씀 많이 들었어요. 엄청 유명하신 분이라고."

"제가요? 아……. 아니에요."

"이제 고등학교 졸업하신다면서요. 축하드립니다."

"아……. 그건 축하받을 일이 아닌데……."

"왜요? 이제 하고 싶은 것도 마음대로 다 할 수 있고 원하는 건 뭐든 다 이룰 수 있잖아요."

"우와……. 진짜 그렇게 되면 좋겠다."

주수인은 하고 싶은 것을 마음껏 할 수 있다는 생각을 해본 적이 없었다. 어려운 살림과 사람들의 반대와 씨름하며 운동해야 한다는 걸 김 단장은 몰랐다. 부유한 집안에서 태어나 유학까지 다녀온 김 단장은 세상을 전혀 다른 관점으로 바라보고 있었다.

"선수 생활할 땐 어땠어요? 힘들진 않았어요?"

"저는 그래도 다른 사람들에 비하면 운이 좋아서 괜찮았어요."

"운이 좋았다……."

"네."

주수인의 말에 김 단장은 호기심에 앞으로 기대고 있던 몸을 바르게 고친다.

"그게 운만 있어 되는 건 아닌데. 사실 주수인 선수는 엄청 큰일을 한 거예요. 야구는 남자만 할 수 있다고 다들 생각하는데 그런 고정관념을 깨줬잖아요. 남자만 가는 고등학교 야구부에 간 것도 그렇고. 그게 운만 가지고 되는 건 아니죠."

주수인을 향한 김 단장의 칭찬은 바꿔서 생각해보면 엘리트 의식으로 포장된 말이기도 했다. 주수인은 자신이 고등학교 야구부에 들어갈 수 있었던 건 엄청난 실력이 있어서가 아니라 그저 운이 좋았을 뿐이라고 늘 생각했다. 그렇기 때문에 자신이 야구를 하고 있는 여성들을 대변하고 그들의 환경을 바꿀 수 있다는 생각은 전혀 하고 있지 않았다. 주수인이 생각하기에 자신은 그저 평범한 한 명의 야구 선수일 뿐이었다. 반면 김 단장은 주수인 같은 특출한 실력이 있는 사람만이 세상을 바꿀 수 있다고 생각했다. 그는 1%가 99%를 책임져야 한다는 나름의 사명감을 가지고 있는 사람이었다.

김 단장의 말에 주수인이 마땅한 대사를 찾지 못하자 눈치를 보고 있던 김진규가 서류철을 김 단장에게 건넨다.

"저⋯⋯. 우선 이거 한번 봐주시죠."

"네? 이게 뭐예요?"

"저희 제안입니다."

제안? 주수인은 문을 두드리듯 요동치는 자신의 심장박동이 느껴진다. 테이블 위에 놓인 서류철을 집어 드는데 손을 떨지 않으려고 집중하지만 마음처럼 쉽지는 않다. 아무래도 두 사람이 자신의 마음을 눈치챈 것만 같아 신경이 쓰인다.

주수인이 조심스레 펼쳐본 서류철 안에는 계약서가 들어 있다. 하지만 계약서 첫 줄을 읽은 주수인의 표정이 좋지 않다. 서류철 안에는 '선수'가 아닌 '프런트 직원' 계약서가 들어 있었다.

"주수인 선수가 야구에 대한 고정관념을 깨줬듯이 저희도 야구가 남자만 하는 엘리트 스포츠가 아니라 생활 스포츠로 모두가 같이 즐길 수 있는 기반을 마련하고 싶거든요. 저희는 주수인 선수가 저희 팀 프런트로 오셔서 여자야구 파트를 담당해서 이 사업을 같이 진행했으면 좋겠어요."

김진규는 사람 좋은 미소를 보이며 김 단장의 말에 덧붙인다.

"프런트는 팀을 실질적으로 운영하는 사람들이 있는 곳이에요."

"주수인 선수는 여자이지만 야구에 대한 이해력이 높고 선수 생활도 오래 해서 이쪽 세계를 잘 알고 있다고 생각해요. 저희는 주수인 선수의 그런 장점을 살리고 싶어요."

주수인은 테이블 위의 계약서를 뚫어지게 바라본다. 그러자 괜히 미안한 마음에 매번 공을 던졌던 자신의 오른손을 왼손으로 덮어준다. 큰 기대는 하지 않았지만 프런트 직원이라니. 예상과는 너무 다른 결과이다.

"근데 혹시, 제 트라이아웃 영상은 보셨나요?"

"네. 봤습니다."

"거기서 제가 그렇게 못했나요?"

주수인의 갑작스런 질문에 김 단장과 김진규는 서로를 보며 미소를 짓는다. 어색한 상황에 어쩔 줄 몰라 웃음을 지어 보이는 김진규와 달리 김 단장의 미소에는 즐거움이 묻어 있다.

"야구계에는 160km를 던지는 강속구 투수는 지옥에서라도 데려와야 한다는 말이 있어요. 확률적으로 승리의 70%가 투수에서 나오고 투수의 가장 큰 무기는 강속구예요. 우린 그런 선수를 유망주라고 부르고요. 질문에 답이 됐나요?"

"네……."

"야구라는 건 꼭 프로 선수가 되는 것만이 답은 아니에요."

김진규의 말에 주수인은 아무런 대답도 하지 않는다. 최진태의 예상과 다르게 결국 문제는 구속이었다. 오로지 빠른 구속을 던지는 사람만이 프로야구 선수가 될 수 있다는 논리였다. 마치 불문율처럼 사회 어느 곳에서나 특정한 능력 하나만을 두고 그 사람을 평가하는 건 이곳 또한 다르지 않았다.

"주수인 선수. 지금까지는 여자라는 게 단점이 됐을지 모르겠지만 저희는 주수인 선수가 여자라는 점이 오히려 일을 진행하는 데 있어서 장점이라고 생각하고 있어요."

"장점이요……."

"네."

두근거렸던 심장은 어느새 거짓말처럼 조용히 잦아들었다. 미래에 대한 희망은 사라지고 앞에 놓인 계약서가 주수인의 현실이 되었다. 학교에서 기다리고 있을 최진태에게 미안하단 생각이 든다. 자신을 편견 없이 대해준 유일한 사람의 말이 이곳에선 모두 거짓말이 되어 있었다. 볼 회전율은 실력과 아무런 상관관계가 없으며 결국 느린 구속을 가진 선수는 프로가 될 수 없었다. 강한 지구력과 구질 변화에도 틀어지지 않는 자세, 선천적으로 타고난 정확한 제구력까지, 주수인이 가지고 있는 건 모두가 다 느린 구속 앞에 묻혀 있었다.

주수인은 고개를 숙여 자신의 오른손을 바라본다. 그동안의 훈련으로 만들어진 굳은살에선 아무런 감각이 느껴지지 않는다. 이 손을 만들기 위해 자신의 한계까지 다가갔던 지난 시간이 주수인의 머릿속을 스쳐 지나간다.

"근데……. 그게 정답은 아니에요."

"네?"

"야구……. 그렇게 쉬운 운동 아니랬어요."

주수인은 그동안 야구를 해오면서 배우고 느낀 것에 대해 이야기하려 한다. 최진태와 함께 훈련하며 얻을 수 있었던 가장 큰 선물은 자신의 생각이 맞았다는 확신을 얻게 된 것이다.

"빠르고 느린 게 중요한 게 아니라 내가 던진 공을 상대방이 못 치게 만드는 게 중요하니까……. 그리고 야구는 누구나 다 할 수 있는 거잖아요. 그니까 남자건 여자건……. 그건 장점도 아니고 단점도 아니에요."

김 단장은 주수인의 말을 묵묵히 들어준다. 눈가에 맺혀 있는 눈물을 애써 참아가며 자신의 주장을 말하는 소녀에게 이 정도의 권리는 줘야 하는 게 당연하다고 생각한다.

"저는 볼 회전력이 높아요. 무회전 공을 섞어서 타자 타이밍을 뺏고……. 또 밸런스도 무너뜨릴 수 있어요. 저는 다른 선수들보다 힘이 약해서 구속은 느리지만……. 그래도 이길 수 있어요. 느려도 이길 수 있다고요. 그게 제 장점이에요."

자신이 하고 싶은 말이 끝나자 주수인은 자리에서 미련 없이 일어난다. 주수인의 표정은 이 방에 들어왔을 때와는 달리 차분하고 더 단단하게 변해 있다.

"먼저 일어나 보겠습니다. 안녕히 계세요."

김 단장은 테이블 위에 덩그러니 놓여 있는 프런트 계약서가 지금 자신의 모습 같아 차마 주수인을 붙잡지 못한다. 조목조목 틀린 게 하나 없는 주수인의 말 앞에서 초라해진 자신이 우습게 여겨진다. 이제 막 고등학교를 졸업하는 소녀에게 부끄러운 모습을 보여줬다.

김 단장의 눈치를 보다 김진규는 주수인을 따라 나선다. 처음 김 단장에게 주수인을 보여준 것도 자신이며 프런트 직원으로 고용하자는 의견이 나왔을 때도 김진규는 가장 크게 찬성했었다. 반드시 붙잡아야 한다. 그렇지 않으면 김 단장 앞에 자신의 체면이 서질 않는다.

"저기요! 잠시만!"

어느새 로비를 걸어 나간 주수인 뒤로 급히 김진규가 달려온다. 당돌하다는 건 익히 알고 있었지만 김 단장 앞에서까지 이렇게 나올 줄은 꿈에도 생각하지 못했다.

"주수인 선수! 이렇게 가면 어떡해요. 이거 정말 좋은 기회예요! 이런 기회 쉽게 오는 거 아니란 말이에요!"

"이젠 제가 야구 선수로 보이시나 봐요?"

"네?"

주수인이 빠져나간 로비는 아무 일도 없었다는 듯 다시 밤의 침묵이 내려앉는다. 김진규는 한참을 로비에 서서 주수인이 남기고 간 말에 대해 고민하지만 끝내 이해하지 못했다. 자신이 무슨 말을 했었는지, 그 말로 인해 주수인과 최진태가 어떤 영향을 받게 됐는지, 김진규는 끝내 알 길이 없었다.

⚾

땅속에서 달리던 지하철은 어느새 커다란 다리를 건너기 위해 밖으로 빠져나온다. 밝은 빛을 발산하는 도심의 풍경과 한치 앞도 보이지 않는 캄캄한 강의 어둠이 지하철 창문을 통해 주수인에게 모여든다. 퇴근길에 풍겨오는 매캐한 술 냄새와 생활에 찌든 사람들의 탁한 기운이 지하철을 가득 메우고 있어 주수인은 더 힘이 빠진다. 아무런 생각을 하지 않기 위해 출입문 앞 안전봉에 기대어 멍하니 창밖을 바라보지만 아직 학교까지 도착하려면 시간이 더 남아 있었다.

환승역에서 사람이 빠지자 출입구 유리창으로 엄마와 나란히 앉아 아이스크림을 먹는 소녀가 보인다. 거울에 반사되어 보이는 두 모녀는 마치 주수인, 자신과는 다른 공간에 있는 사람들인 것만 같다. 겨울에 아이스크림이라니. 어쩌면 지금 주수인은 자신이 그려놓은 환영을 보고 있는 건지도 모른다. 그리 길지 않은 시간 동안 기대, 행복, 긴장, 불안, 분노까지 많은 감정이 지나간 날이었다. 가족과 학교의 기대에 부응하지 못했다는 죄책감도 빼놓을 수 없다. 어쩌면 지금 주수인의 눈앞에 아이스크림 모녀가 보이는 건 자신이 기억하지 못하는 과거로 돌아가 처음부터 다시 시작하기를 바라는 마음인지도 모를 일이었다.

지하철 한 정거장에서 먼저 내린 주수인은 학교까지 걸어가며 오늘 오갔던 많은 감정들을 지우기 위해 노력한다. 지금까지 하나의 목표를 위해 공을 던지고 악착같이 운동장을 달려왔다. 하지만 목표가 사라진 이 공허함은 주수인 자신도 감당하기가 어렵다.

결국 주수인은 아무것도 정리하지 못한 채 학교에 도착했다. 앞을 바라보니 환하게 켜져 있는 실내 연습실 입구에 최진태가 우두커니 서 있다. 아무래도 한참을 저렇게 서 있었던 것 같다.

불이 환하게 켜진 실내 연습장의 풍경이 주수인은 생경하기만 하다. 무리한 훈련으로부터 학생을 보호해야 한다는 규정에 저녁 이후 공식적인 훈련이 금지되어 있어 이곳의 불은 항상 꺼져 있었다. 주수인이 막 화양고등학교에 입학한 1학년 때는 관리가 소홀해 밤에 몰래 나와 훈련을 할 수 있었지만 교장의 불호령에 그것도 그리 오래 가진 못했었다.

처음 최진태와 함께 운동을 시작했을 때 이야기를 나눴던 실내 연습장 바닥에 앉아 주수인은 항상 자신이 연습하던 공간을 물끄러미 바라본다. 실내 연습장에는 선수들 모두 각자가 정해 놓은 구역이 있었는데 입구로부터 가장 안쪽 구석 자리가 바로 주수인의 구역이었다. 235mm의 작은 신발이 들어갈 정도의 움 푹 파인 흙바닥이 주수인이 훈련하던 곳임을 말해주고 있었다. 3년 동안 늘 같은 자리, 같은 위치에서 발을 구르며 있는 힘껏 공을 던졌었다.

"그래도 여기서 재미있었는데……."

"다른 구단 트라이아웃도 알아볼 수 있어. 국내가 아니면 미 국이나 일본으로 가도 되고."

최진태의 제안에 주수인은 대답 대신 그냥 빙긋이 웃어 보인 다. 아쉬운 것도 같고, 슬픈 것도 같은 그 미소에 최진태는 마음 이 쓰리다. 사실 트라이아웃 결과를 이제 막 들은 주수인은 지 금 당장 어떤 결정을 내려야 할지 판단이 서질 않는다.

"주수인."

"네?"

"이제 어떻게 할 건데?"

"잘 모르겠어요……."

늘 자기 확신이 있었던 주수인의 모습이 아니다. 아무렇지도 않은 척하지만 크게 상처를 입은 건 분명해 보인다. 최선을 다 했지만 끝내 이루지 못한 선수의 모습이라기보다 공정하지 못 한 시합에서 패배한 피해자의 모습에 더 가까운 것 같다. 주수인을 그냥 이대로 둔다면 야구를 그만둘 수 있겠다는 생각에 괜히 최진태의 마음이 급해진다.

최진태는 자리를 털고 일어나더니 터벅터벅 실내 연습장을 나간다.

"주수인. 따라와."

영문 모를 그의 행동에 주수인은 할 수 없이 최진태를 따라 야구부 사무실로 걸음을 옮겼다. 아직 누군가 일을 하는지, 불 켜진 교무실에서 새어나온 불빛이 창문을 넘어 복도를 지나 야구부 사무실 내부까지 비춰주고 있었다.

야구부 사무실 소파에 앉아 있는 주수인에게 최진태는 자신의 책상에 놓여 있던 서류철을 건넨다.

"이게 뭐예요?"

"열어봐."

주수인이 서류를 펼쳐보자 처음 보는 소녀의 얼굴과 경기 기록들이 자세히 나와 있다. 야구부 입학 지원서다. 주수인의 시선은 다시 최진태에게 향한다.

"요즘 신입생 선발 기간이잖아. 이번에 우리 팀에 입학할 선수야."

"네?"

"이 친구 책상에 온통 네 사진이래."

컬러로 프린트된 야구부 입학 지원서에는 두려움과 설렘이 섞여 있는 평범한 소녀의 사진이 있었다. 주수인 역시 고등학교 야구부에 입학할 당시 아빠와 함께 이런 입학 지원서를 들고 학교를 찾아다녔던 기억이 아직도 생생하다. 무섭고 두려웠던 소녀는 입학이 결정되자 아무도 보지 못하는 곳으로 달려가 소리도 내지 못하고 숨죽여 눈물만 흘렸었다.

"네가 있어서 지원할 수 있었던 거야."

신기한 일이 일어난 것만 같다. 사진을 빤히 바라보던 주수인 얼굴에 그제야 따뜻한 미소가 피어난다.

이제와 돌이켜보면 주변 사람들 모두 주수인에게 크고 작은 영향을 받고 있었다. 패배 의식에 취해 그저 생계 때문에 학교로 온 최진태도 이제 어느 정도 자리를 잡아 지도자로서 새로운 길을 가게 됐다. 김 선생 역시 주말에 열리는 야구 경기를 치르려면 밤을 새며 업무를 해야 했지만 주수인에게 즐거운 야구를 보여줄 수 있다는 생각에 웃으며 일할 수 있었다.

밤을 새며 2군에서 배팅 연습을 하는 이정호와 댄스학원을 그만둔 후 사고 싶었던 기타를 사게 된 한방글도 주수인에게 영향을 받은 사람들이었다.

한 명의 천재가 세상을 바꿀 수는 없다. 그러나 다시 할 수 있다는 희망을 준 건 부정할 수 없는 사실이었다.

⊘

우유 맛이 나는 하얗고 달짝지근한 아이스크림을 사 들고 주수인은 구멍가게 앞에 놓인 낡은 평상에 앉는다. 집으로 가는 언덕길에서 내려오는 차가운 공기가 몸을 움츠리게 만들지만 크게 개의치 않는 눈치다. 오늘 하루 있었던 일들과 지금까지 야구를 하며 받았던 모든 상처들을 위로받기 위해, 작고 차가운 아이스크림은 주수인이 자신에게 주는 선물이었다.

얼어 있는 두 손도, 말도 안 되게 차가운 날씨도 주수인에게 아이스크림을 빼앗을 순 없었다. 이제 곧 끝이 날 겨울밤의 매서운 날씨에 주수인은 몸을 더 웅크리면서도 아이스크림 먹는 걸 끝까지 멈추지 않았다.

같은 시간, 김 단장은 주수인을 만난 후 자신의 생각이 잘못됐음을 깨닫고 있었다. 트라이아웃 영상에서 진지하게 야구를 대하는 주수인의 모습에 얼굴이 달아올라 김 단장은 그동안 끊었던 담배까지 다시 꺼내 물었다. 불 꺼진 단장실에서 영상을 바라보던 김 단장은 트라이아웃을 진행했던 김 감독에게 전화를 한다.

"감독님. 혹시 내일 시간 괜찮으세요? 아. 다른 건 아니고, 주수인 선수 관련해서 상의할 게 좀 있어서요."

에필로그

3월의 봄, 이제 곧 프로야구 시즌이 시작되는 A구단 경기장엔 푸른 잔디가 밝은 빛을 내고 있다.

김 단장 사무실에서 보이는 그라운드의 엄청난 크기에 최진태와 신해숙은 두근거림과 동시에 두려움을 느낀다. 사무실의 풍경과 어울리게 구단 점퍼를 입고 있는 김 단장은 지난번보다 한결 더 젊어 보이는 반면, 마땅한 봄옷이 없어 겨울 코트를 입고 있는 신해숙은 공간이 주는 분위기에 평소보다 더 많이 위축되어 있다.

소파에 나란히 앉아 있는 최진태와 신해숙 앞으로 김 단장은 이번에도 자신 있게 서류철을 내민다.

"저희가 제시하는 계약 조건이에요. 우선 계약금은 6천만 원입니다."

"어머니. 제가 미리 검토해 봤는데 프로 2군 치고는 나쁜 조건이 아니에요."

"네? 프……, 프로요?"

"네. 주수인⋯⋯. 프로야구 선수 되는 거예요."

"아⋯⋯. 저는 뭐⋯⋯. 애가 야구만 할 수 있으면 뭐든 다 좋은데요⋯⋯."

기쁜 얼굴로 말하는 최진태에 비해 의외로 신해숙은 조금 당황한 모습이다. 무슨 다른 할 말이 있는 듯 주저하며 두 사람의 눈치를 본다.

"저⋯⋯. 그런데 6천만 원이면⋯⋯. 저희가 형편이 그리 좋지가 못해서요."

"네?"

"아니⋯⋯. 당장은 이렇게 큰돈을 마련하기가 힘든데⋯⋯. 몇 달, 아⋯⋯. 아니 한두 달 정도만 시간을 좀 주시면 제가 어떻게든 마련해 보겠습니다. 정말 죄송합니다."

신해숙의 말에 김 단장은 미소를 짓는다. 지금까지 주수인이 야구를 해왔던 환경을 본다면 당황한 신해숙이 지금 같은 착각을 하는 건 어떻게 보면 당연한 건지도 모른다. 누구보다 이런 상황을 잘 알고 있는 최진태는 지금 이 상황을 신해숙에게 찬찬히 설명한다.

"어머님. 그게 아니라 6천만 원을 구단에서 드리는 겁니다."

그래, 프로라는 건 원래 그런 거였다.

신해숙은 매년 야구 선수들 연봉을 신나게 이야기하던 남편의 모습이 떠오른다. 그제야 현실을 실감하게 된 신해숙은 천천히 아랫입술을 깨문다. 큰돈을 받아서가 아니다. 프로야구 선수라는 것에 대한 실감이 신해숙의 마음을 더 크게 움직인다.

딸이 프로 선수가 됐다. 혼자 그 어려운 시간을 견뎌냈던 딸이 정말로 프로야구 선수가 됐다. 신해숙의 눈에서 눈물이 고였다. 하지만 이런 결정을 내린 김 단장은 사실 마음이 그리 편치만은 않다. 지금 신해숙이 흘리는 행복한 눈물이 계속 유지되길 바라지만 사실 그건 아무도 보장할 수 없는 일이란 걸 김 단장은 잘 알고 있기 때문이다.

"근데 어머님. 주수인 선수……. 지금부터가 더 힘들어질 겁니다."

김 단장의 말에 신해숙은 고개를 들어 소매 끝으로 눈물을 훔친다. 그래, 진짜 시련은 어쩌면 지금부터인지도 모른다.

행복한 눈물도 잠시, 이제부터 다가올 폭풍 같은 시간이 눈앞에 그려진다. 경쟁이라는 이름하에 서로가 서로를 짓누르는 곳에서 딸은 자신보다 훨씬 더 큰 적들에게 맞서 살아남기 위한 발버둥을 칠 것이다. 상처가 날 것이고 그 상처는 곧 굳은살이 되어 딸의 고통을 무디게 해줄 것이다. 전쟁과 같은 프로의 세계에서 딸은 혼자서 그 전투를 감당해야 한다.

신해숙의 눈에서 다시금 눈물이 흐른다.

◎

주수인은 홀로 그라운드 위를 걸어간다. 천연잔디의 어색한 느낌과 마운드 위에 뿌려진 붉은 빛깔의 고운 모래를 보며 주수인은 이곳이 프로야구가 열리는 경기장임을 다시 한번 느낀다. 커다란 전광판과 수도 없이 많은 좌석들. 마운드 위로 걸음을 옮긴 주수인은 경기장을 둘러보다 강한 봄바람이 몰아치는 허공으로 시선을 옮긴다.

지금 이 바람은 어디서 불어오는 걸까.

마냥 행복해야 할 것만 같은 주수인의 표정은 다시금 무거운 시선으로 변한다.

주수인의 눈동자는 앞으로 다가올 미래에 대한 두려움과 기쁨을 함께 담고 있다.